FUKUSHIMA
MONOLOGUE
ITO SEIKO

福島
モノローグ

いとうせいこう

河出書房新社

福島
モノローグ
目次

装幀
水戸部 功

福島
モノローグ

WITH
COWS

ここは大熊《おおくま》は大熊でも原発には縁遠い山の中で、厳しい環境で生きざるを得なかった土地、例えば山仕事の人たちが冬籠もりしたりするような地域なんです。

　引っ越してくる前まではここの近くに牧場を造っていたんですけど、そこにもちゃんとした馬のための祠《ほこら》があって、馬頭《ばとう》観音が祀ってありました。普通は石が道に立ってるくらいですけど、大きな祠があるんです。牛や馬を敬う気持ちが尊いなと思って。つまりそういう場所です。この入り口にもありますよ。祠じゃなくてそれこそ小さな、石の馬頭観音の碑ですけど。蚕《かいこ》も育てていたみたいです。今使ってるあの青い倉庫がもともと養蚕《ようさん》に使われていました。桑の木もたくさんありました。そういう場所で、馬も牛も蚕も本当に生活の生命線だったんです。

　今歩いてるこの牧場なんですが、もともとあった地域に35号線が開通するとき、道路の左右にバリケードを造る話になっちゃったんですね。帰還困難区域ですから、誰でも通れるところと、行けない小道が造られて。そのうちこの地区の所有者の一軒から「全員の同意がないエリアはバリケードを開けないようにしよう」みたいな意見が出てきて、結局私たちはそこから出ざるを得なくなって。

代替地を必死で探しまわりました。実際に二〇一二年から三年間、ずっと牛たちを保護して世話をしてきたんですから。皆も行政も牛を殺したくてやってるわけじゃないので、それを訴えて仮設住宅を回りました。「誰か牛を放牧させてくれる人はいませんか。牛を置いておくと荒れ地がこんなにきれいになりますよ」と写真や文章をお見せして、一軒一軒訪ねていく中で出会った人が、すぐそこがご自宅の人で。そこから別の方まで口コミで広がって、今は五軒の方の土地を合わせて依頼をいただいて地主さんと一緒に牧場をやってるんですけど。

　写真に「昔はこうでした」とビフォーとアフターと、それから生き延びた牛たちの様子を書きました。牛たちは何もわからないじゃないですか。揺れたのはわかっただろうけど、そのあと原発が爆発したことは知りません。人間と違って避難も出来ない。ほとんどが牛舎に残されて餓死して、その生き残ったのは殺処分で追い回されて、人間不信になりながら、でも一生懸命山の中で生きてきてようやく人間を慕うようになって日々を暮らしています。そういうことを書いてお見せしたら「うちのところにぜひ来てください」と言っていただいたんです。

　草ぼうぼうでした。ここは広いですけど、いまだに除染もされていない場所です。一日のうちに人間がいられる時間帯にも制限があります。作業の帰りには必ず放射能のスクリーニングを受けなければいけません。そういう場所の土を肥やしてくれているんですよ、牛は。こんなふうにすっかり雑草を食べ尽くしてくれてる。

　そもそもここはだいたい６０００ベクレルなんですね。セシウム１３４と１３７を合わせた合算値になるんですけど、土の一キログラムあたりのベクレル数が一般的な測り方でそれくらい。牛は草と水しか食べないので、糞はそこに入った放射線を摂取して出てくるものです。塩も与えますが、外で買ってきたものをあげてるから、基本的にセシウムが入ってるとしたら草なんですね。水は既にＮＤ、不検出と出ているので検出されていません。では、土が６０００ベクレルなら草一キロでどれくらいの放射線が入ってると思います？

私も最初は半分くらいかなと思いました。でも実際は全然そんなにありませんでした。あくまでも私が調べている数値ですけど十分の一もなくて、百分の一あるかないかくらい。つまり100ベクレルないです。20ベクレルくらいのときもあります。すごく低い。

私が測ってるのは冬だから、乾燥して水分が少ない状態でそれなので、実際は水で薄まってもうちょっと低いかもしれないんですけど、とりあえず100ベクレル以下なんです。セシウムが100ベクレルというのは、いろいろ賛否がありますけど、一応国で決めた、人間がとりあえず食べてもすぐに症状が出る値ではない、食べても大丈夫という数字なんですね。水になると厳しくて、ＷＨＯで10ベクレル。一番厳しいというドイツでも８ベクレル。でも、それはあくまで水なんです。食品に関してはＥＵで一キログラムあたり１２５０ベクレル、アメリカは１２００ベクレルなんですね。帰還困難区域の除染されてないところで100ベクレル以下って、私びっくりしました。あっちの少し高台になったところに作ったキウイ棚の実も６ベクレル以下だったんですよ。すごく低くて。

落葉する実だと少ないと言われてます。蔓《つる》も葉っぱも測ってみました。キウイの皮と実で違うかなと思って。これはまだまだ測ってる最中ですけど、実はすごく放射能濃度が少ないし、時期によって変わるのもある。小さいときは皮の率が高いからちょっと高かったんです。50ベクレルくらいありました。春先というか、ちょっと実が生《な》った五月、六月。でも秋に測ったら一個ごとに大きくなるから低かった。つまり皮に多く含まれてるんじゃないかなと思っていて。大きくなったら皮率が減るじゃないですか。だからもしここだけで生きざるを得ない人たちがいたのなら、皮を剝いて食べればということになります。

一方、牛は100ベクレル以下の草を食べて糞をします。土にほとんどのセシウムが固定される中、草を食べて排泄する糞はどれくらいだと思います？　草が100だとして。実際はもっと低いですよ。でも最大限で100ベクレルだとして。

もちろんそれ以下になります。もともと6000ベクレルですから、濃度としては一キログラムあたりに換算するとぐっと薄まる。というか糞というのは百パーセント土に還るから、除染は出来なくても糞で薄めていっていることになります。それと、ここは風の吹く方向のおかげか、奇跡的に空間線量が低いんです。ほぼ毎時0・5マイクロシーベルトで。

私めちゃめちゃ計算したんです。政府が出してる数字と、原子力規制委員会が出してる数字と、計算方法がいろいろあるんですよ。土の体積と牛の糞を調べて、あと県の畜産試験場で、牛が草をどれくらい食べたら蓄積されたセシウムが何日間で排出されていくかという調査で、だいたい二週間でほぼ排出されるんです、きれいな正常な餌と水をあげれば。二週間で排出されて、残り10ベクレル以下が体内に残りながら、最終的には何週間かで消えていくという状態なんですけど。それを考えると、例えば牛が草を食べるじゃないですか。それから排泄するものって土壌を汚染することは百パーセントないんです。汚染じゃなくてむしろ薄めるということと、プラスこの低減率、生物学的半減期というものですけど、それも除染後に牛に二週間だけきれいな餌と水をあげればほぼ0になるので、だから心配だったら二週間だけよそから持ってきたのを食べさせてから除染後の農地に移動すればいいはずだっていう話です。農地のほうが圧倒的に汚染されてるんですから。除染しても農地の低減率は八割、つまり、６０００ベクレルの農地を除染しても１２００ベクレルほど残ることになります。だから除染していない草を食べた牛の糞のほうが断然クリーンなんです。

イメージ先行なんですよ。やっぱり放射能はセンシティブな問題だからということで取り上げない記者さんもいるし、それに関してむしろ原発が良くないものということを言いたいがためにすべてが危険だというふうにしたい場合もある。被曝した牛が全部危険で汚染されてて、すべてだめなんだと単純に言いたい人もいるし。反対に、いくら線量が高くても安全だと言いたい人もいて、正確に物事が把握されません。だから正しい数値をうちでは出したいと思っています。だって被災牛に関して、糞について公表してるところなんてないですもん。牛の尿についても。世界のどこでもやっていません。

ほぼ同じなんですよ、糞と尿って。それはデータとして出ていて。尿を取るのに、うちの牛たちは放牧してるので動いてなかなか採取出来ないから、出たものから推測するしかないんですけど、でも多くて糞の二倍なんですよ。糞と同じくらいのときもあったり、日数によってちょっとクロスしますけど、ほぼ二倍です。

で、この土地は全部で六ヘクタールから七ヘクタールある。そこにあちこちこういう電柵を張って牛を囲って。全部太陽光発電です。増設してソーラーが二台になったんですけど、本当は一台だけで十分。どちらもボランティアの方々が手伝ってくれて出来ました。この線には電気が流れてるので、そこの端の鉤爪《かぎづめ》みたいなハンドルを外すと大丈夫で、また輪の側に引っかけたときに電気が流れます。

　気をつけるといってもまあ、人間はゴムの手袋と靴の底で絶縁されてるし、そんなに痛くはないです。でも牛はゴムも履いてないし、鼻も濡れてるからギャフンとなるんです。好奇心旺盛な牛っているんですね。性格がいろいろなので舌で舐めた奴がいて、すごい鳴き声がして、急いで走って行きました。うちの牛ではなかったんですけど。牛って賢いから、自分で経験してなくても他者が痛がってるのを見て学べるんですね。なので他の親が試したのを見て、子供たちはこれは痛いんだなって勉強してました。

　この棚田に水桶《みずおけ》が段々に並んでいるのは、試行錯誤の跡です。山から水を引いてきたかったんですけど、最初うまくいかなかったんですね。途中でどうしても管に土が詰まって止まっちゃう。濾過《ろか》させてみたり、位置を高くしてみたり、坂道の勾配をなくしてみたり、取水口を移動してみたり、皆でいろいろやって、改良に改良を重ねたんです。もう皆で知恵を出し合って頑張って、五人くらいで二カ月ですかね。最初に作ってから、ああでもないこうでもないって。業者の人は一人もいませんけど、皆百戦錬磨のボランティアの方々ですから。今はちゃんとじょぼじょぼ出るようになりました。ちょろちょろした水の流れの上にホースを置いただけというのが一番の解決策でした。サイフォンの原理で三つの桶に水が貯まって流れます。

　まだ水が山から流れて来なかった時期は、あっちにある小川からオイルを使ってエンジンポンプで汲み上げていて、すごいガソリン代がかかりました。それと、冬は凍っちゃうんですよ。そうすると水の表面が分厚く固まるから、立ち入り時間の制限で毎朝九時にしかここに入れないので、九時に行ってカーンと叩き割るんだけど、それまでの時間は牛が水を飲めてなかったということになっちゃうんですね。なので流れっぱなしにしたかったんです。山水って凍らないじゃないですか。牛が常に新鮮な水をずっと飲めるので。

　なにしろ夕方四時までしか人間がいられませんから、それ以外の時間帯は凍ろうがどうなろうが手の施しようがなかったんです。遠くでボタンを押したら石が落ちてくるとか考えたけど、電波が届かないんですよね。そもそも牛が飲んでる最中に石が落ちてきたら怪我しちゃいますし。ほんと悩みましたけど、結局山からたえず流れてくるのが一番いいなというのと、夏もポリタンクに一日中汲み上げてると、茹《ゆ》だっちゃうというか熱くなるんですね。

　牛って寒さより暑さのほうが苦手で。胃袋が微生物発酵させてるので四十二度あるんです。巨大な胃袋が四つあるじゃないですか。もう暑くて暑くてという状態なんです。つまり体に巨大な湯たんぽが幾つも入ってるようなものなので、夏二十五度以上で熱中症になっちゃうんです。なので、水は冷たいものを飲ませてあげないといけなくて。日陰もなるべくちゃんと作るようにしていて。

　今、道をのっそり横切ったのがクロです。本当にぶくぶく太って。うちの牛たちは皆餓えたことがあるから、もう絶対にそういうふうにはさせないって決めてます。クロは特に悠々としていて、いい体格してますよね。王者の風格があります。で、残りの十頭がこちらの広々とした場所にいます。ちょうど餌《えさ》をあげている時間で。

あ、猪だ。ちびっこい奴が二頭、ちょろちょろ出てきてますね。牛の餌を狙ってるのか。あっち行きな。山行きな、山。で、牛のほうはええと、ウエ、コーヒー、カタ、ホソ、カール……あれ？　ミルクティーがいない。ああ、あそこのウエの陰に隠れてますね。いました、いました。

ここに来て藁《わら》を食べているのがムっちゃん、ムツコさん。耳たぶに六番と書いてあります、黄色の札《ふだ》に。メスでうちの群れのリーダーなんです。震災後の地獄の中をかろうじてなんとか生き残った牛だから、もう気迫がすごくて。でも優しいんですよ。

ムツコさんはもともと大熊の牛でした。でも二〇一一年、まわりがどんどん殺処分されていく中、自分から他の農家さんの柵にぴょんと飛び込んだんです。ちょうど段差になっていて、向こう側が低い平地だったので、上から飛び込めば大丈夫だったんですね。それでまずそこでは殺されなかったんですけど、今度は逃げた場所からも出ていけってことになって、当時私がトンテンカンテン急ピッチで別の区域に柵を作ってたんだけれども、それが人間に壊されちゃったんです。しかも水が行かないようにもなってしまって。水が行かないと牛たちは死んじゃうのでそこでは無理だということになって、仕方なく他の場所に私が預けました。でも……私がどうしようもなく愚かでした。

今ああやって相手を舐めてる牛がいますよね。あの牛とこの牛とあそこの奥で首輪してるあの牛の三頭が生き残った牛です。預けていたところから連れて帰れたのは三頭だけ。それとあちらで生まれた子牛一頭。先方のお姉さんが大事に世話してくれた元気いっぱいの牛です。来たのは一昨年、二〇一七年十二月の大安の日でした。帰った牛たちは私が助けてくれたと思って毎日私を舐めてくるんです。牛は感謝する表現として舐めるという方法を取ります。毎日ぺろぺろ舐めてきます。他の大熊の中で助けた牛たちは、むしろ牛舎の外に自由に逃げてたのを私に捕まえられたから「何よ、美味しいのをいっぱい食べてたのに」くらいの気持ちだと思います。だけどムッちゃんたちは私がいつも駆けつけて餌を持ってきた記憶が強いのか感謝しちゃってて、いつも悪いなって。死んでいったムツコの姉妹とか子供とか仲間のことを思って、毎日手を合わせてます。生き残ったこの子たちだけはと。

　あっちの小さめのミルクティーはウエの娘で、二〇一五年の三月に生まれたんですけど、弱かったんです。すごく小さくて。コーヒーがあそこで今舐められてますけど、あれも二〇一五年三月、ミルクティーの二週間前に生まれた牛で、ミルクティーがあまりにも弱々しかったから、自分だって生まれてたった二週間なのに「僕が守らなきゃ」という気持ちでしょうか、本当に兵隊のように張りついて、私が写真を撮ろうとしても守って撮らせない。自分もよちよちしてるくせに一生懸命ミルクティーを庇《かば》ってべろべろ舐めてあげて。血も繋がってないのに、コーヒーはめちゃめちゃお兄ちゃんで。牛にそんな感情があるの！っていうのに驚くし、二週間でそういうことが出来るの！っていうことにも驚いたんですけどね。

逆にミルクティーはお兄ちゃんに守られて育ったから、この中で一番平々凡々と。だから果物も細かく切ってあげないと食べられません。子牛だから口が小さいのもあるんですけど、他の牛はもっとがつがつ、ムッちゃんなんて絶対生き残るために食べなきゃという感じなんですけど、ミルクティーはあまりハングリー精神がなくて、いつもとろい。

事故直後に逃げてさまよった牛以外は、牛舎中に閉じ込められて……例えば鼻を……繋がれたまま、鼻がこんなに伸びて死んでいる牛が……いました。そもそも鼻の奥にしっかり輪をつけて、それで繋いでおくんです。だから人がいないと動けない。横になることも出来ない。立ったままガリガリに痩《や》せていくんです。仕方なく体が倒れていくので、あり得ないことですが鼻が伸びて、その先で亡くなっているんです。どれだけ苦しかったことか。

そういう牛たちを私はたくさん見ました。

第一世代は山に逃れてさまよって、奥に奥にどんどん逃げたんですね。二〇一一年の六月くらいには、家畜保健所の人たちとかが真っ白な防護服を着て殺処分を始めましたから、五月十二日に総理の指示でそういうふうになって。あのときって大混乱だから、日本語が正しく伝わらないんです。同意のある家畜のみ殺処分、安楽死という言い方だったんですけど、その「同意があるものは」が伝達する途中で消えるんです。

しかも指示がいつの間にか命令になっていて、「国は全頭殺処分」に変わっちゃった。「元気に生き残っているものも」に変わっちゃったんです。もともと福島県のほうは農家からの苦しい思いがわかっていて、牛舎の中で餓死しかけている牛は可哀想だから、動物愛護の観点からも瀕死の家畜を安楽死というふうに要請したんです。でも国ではとにかく殺処分ということになり、だけど同意あるもののみというところが取り払われて、普通に牛舎から出て元気に生き残れていた牛も殺処分になっちゃったんですね。当時、丁寧に法の解釈をちゃんと伝えるなんて感じじゃなかったんです。

牛にはその八年前の記憶があります。それが私、震災後にわかったんですね。昔カタとムッちゃんとウエは同じ牛舎に飼われてたから、再会したときすごかったんです。モワンモワン言いあって、「あんた生きてたの」って感じで、遠くからダダダダッて駆け寄って。震災後に生まれた牛からしたら赤の他人で「誰これ？」という感じで、反応が顕著に違いました。

隣のこのエリアはもともと田んぼだったんですけど、震災後の枯れた田んぼに何本の木が生えるか、私たちは正確に把握したいと思って調査しています。ヤシャの木があんなにたくさんあちこちから生えて、中には直径二十センチのものもある。高さも七、八メートルはあります。あのへんは震災後五年目で牛を放してるからこれで止まってるんですけど、もっと奥は樹木だらけです。もちろんそこにも牛を移動させることがあります。すると下草だけでなく、牛が葉っぱを食べたくて木を倒すんですよね。頭でエイ！って押して。最初は届く範囲の枝を舌を伸ばして食べてるんです。でも届かないとなると倒しちゃうんですね。

だから牛を放すと里山が蘇ってくる。すごい力です。何千万円も投入して農地をもう一回、つまり原野に戻ってしまったものを再び開墾するくらいなら、牛を入れておけば勝手にやってくれる。しかも、木は畑とか田んぼの養分を全部吸っちゃうんですね。だから土がどんどん劣化していくんですよ。牛はそれをブロックするどころか、牛糞を落として肥やしてくれる。本当にありがたい存在です。最初はただ助けたいだけでした。それがいまや、牛たちがこの地域を救ってくれるんじゃないかと思っているんです。いや、おおげさに聞こえちゃうでしょうけど、人間のやりようによっては世界をもです。砂漠化しているところも、ここの地域も。

はじめはとにかく助けたい一心で、どうやって生かそうかとなった時に、囲っちゃえばいいんだと思っただけでした。農家をあちこち回ったんですけど、そこで餌を買わなきゃということになった。「まず百五十万用意してほしい」とか言われるわけですよ。それって続きませんよね。牛はぺろっと食べちゃいますから。全然足りないんです。

じゃあどうしようというときです。二〇一一年に早くも県内の土地をセイタカアワダチソウやススキが覆っていたんですね。私は協働農家の方と一緒に、逃げた牛をずっと探し回っていたので、黒いものが見えたら車をピッと停めながら目をこらしました。でも、草が邪魔だったんですね。見えない。その一方で、牛を保護するために囲ったら草を大量に用意しなければいけない。迷い牛がいたところは草がなくてきれいだったんですよ。明るいグリーンが広がっていて。その頃の私はセイタカアワダチソウを見てきれいだなと思ってたんです、「黄色で一面花畑みたい」とか言って。で、農家の人たちに「ふざけたこと言うんじゃねえ。これが畑をだめにするんだ」って怒られて。確かにそうなんです。いいミネラルや養分を吸い取っちゃう。

つまり一方では「セイタカアワダチソウが生えたら終わりだ」とか嘆いてて、一方では「牛の餌、どうしよう。牛が餓死しちゃう」って嘆いてて。あ、じゃあこの草をあげればいいんじゃないかって。広く囲えば、牛がそれを食べて農地もきれいになるじゃないかと気づいたんです。つまり、彼らを広く囲って水をあげるだけで、あとは牛の力でうまくいくんだ、と。

今あそこでカタを舐めてるのがマミです。オスなのにマミという名前をつけられちゃうような、うまく成長出来なくて、それでもなんとか預けた先で生かしてもらって帰ってきた牛です。カタは片目片角になっちゃってて、畜舎が崩れたときに片目片角になっちゃったのか、山に逃げてるときにそうなっちゃったのか、または処分柵に入って自力で逃げ出すときにああなっちゃったのかもしれないし、どういう状況だったかわからないんですけどすごく苦労していて。それをマミは舐めてあげてるんですよ。二人はまったく接点がないんですけどね。マミのほうは震災後に生まれた牛なので。

牛にはオスメス関係なく、皆毛繕《けづくろ》いし合うところがあって。あれはウエとホソです。まったく血も繋がってない二頭で。いつもはウエが威張《いば》りまくって「ホソに餌はあげない。私のほうが上よ」という態度を取るんですけど、ああやってちゃんといたわってホソを舐めてもあげるんですよね。

群れを形成するにあたってぎすぎすした感じのところは、よっぽど餌を争わない限り……あ、いや適正頭数じゃない弱肉強食の感じだと、あります。牛の目がこわくなる。牛同士が角を突き合わせて、それで死んだ牛も見たことがあります。ただここのように繋がれてなければ自分で餌が足りないと思えば食べに行けるじゃないですか。なので争う必要はないんですよね。群れで移動するときに、眠るのにいい場所、木陰を確保するとか、美味しそうな草のところから食べる権利とかはリーダー格にあるんですけど、順位が決まってないと毎回争わないといけないんですよ。そういう非効率なことをしてたら牛という種が存続出来なかったからなのか、ちゃんと食べる順序を自分たちの中で決めていて。そうすると争わずに済むじゃないですか。最初に新しい牛が来たときには角を突き合わせるんですよ。順位を決めるために。それはしますが、あとはこうやって舐め合っています。特にここにいるのは本当に紙一重で奇跡的に生き残った牛たちだから、それが身にしみます。

　震災が起きる前にもボランティアはやっていました。でも、あの未曾有《みぞう》の事態を前にして、自分なんかまったく必要とされてなかったし、私が行くとかえって混乱を招くと思ったんですね。ああいうときって本当のプロフェッショナルがすべてを統制してやるのが効率的なので。

　そのときにお昼のニュースで見たんです。家畜の問題でした。「先進国と思ってた日本でこんな光景が」みたいな感じでお昼のニュースでレポーターが言ってて、一分もないニュースなんですけど、後ろで馬がばたばた倒れて呻いてるわけですよ。

　それを見て、これはまだ誰も手つかずなんだと思って。でも家畜なんてまったく関わりもなかったので、とにかく調べてみようと思ってまずあちこちに電話をかけたんですけど、関係すると思われた機関や組織すべて警戒区域の家畜は対象外だったり打つ手なしという対応でした。

　ただ飯舘《いいたて》村のある農家が「助けてくれ」と言ったら世界から一気に五千万円集まって、それで馬と牛を救出出来たという話があったんです。それが海外のニュースであったので、助けたい人は大勢いて、助けを必要としてる人にマッチしてないんだというのがわかった。そのマッチさせるための仕事だったら出来るかもと思って、最初はネットで情報を集めたり発信したりすることを細々とやってたんですね。そしたら現場の農家の人たちから私に連絡が来るようになっちゃって、「とにかく現場に来てくれ」と言うのですぐ行って見て、水をやらないと大変だというので、水をあげながら、でもあげてもあげても砂漠の水一滴で、サイトを立ち上げないとどうにもならないということになった。

被災地って行政も皆被災者だからいっぱいいっぱいじゃないですか。だから被災してないところの人たちが助ければいいんですよね。そして、助ける用意があったんですよね、西日本の農家たちとか。でも実際はそれを受け入れるベースや枠組みがなかった。「農家たち自身がそれを立ち上げて。そしたら絶対支援が来るから」という話をしたんですね。けど、たくさんいろいろなことがあって、結局私が馬鹿だからうまくいかなくて、最後は全頭殺処分になっちゃったんです。……いまだに後悔してますけど、だめでした。能力が足りなさすぎてサポート出来なかった。

ただ、ひとつの地区のほうはなんとかうまくいきました。ですから農家の人の車に乗って探して探して、牛がいたら餌をあげて餌付《えづ》けして。もちろんそんな作業は生まれて初めてしてるんです。でもとにかくやるしかなかった。

チモシーも買って、チモシーっていうのは香りのいい高級牧草だから寄ってきやすいんですけど、まわりが自然の青草でご馳走だらけだから、牛たちにはメリットがないんですよ。それに自分の仲間とか親とか子供が目の前で殺されてるんです。彼らからしたら人間に裏切られたという気持ちがあると思うんですね。いきなり地面が揺れて人間が来なくなった。水もない、餌もない。そしたら今度は殺しに来た。まわりが餓死した中でようやく生き残ったのが、ずっとふらふらしながら意識だけあったのが、いきなり人間に近づかれて殺されてしまうわけじゃないですか。

　それを見てる牛は「絶対人間なんて信用するものか」みたいになってるので、その中でいきなり来てチモシーなんか置いても「ふん！」となる。ですから、配合飼料というさらにもっと好きなものを、穀物系だからあまり良くないんですけど、なぜなら牛は草食だから本来は穀物を消化する動物じゃないので、だから配合飼料ばかりあげるとガス膨れして死んじゃうんですね。ただ味的には美味しいんですよ。人間もそうですよね。油と糖分は魅力的です。

　なので牛は寄ってくるんですね。警戒して寄ってこないのもいるんですけど、寄ってくるのを掻き集めて。捕まえるのはまず無理ですから配合を食べてるときに、ハンガーのもっと強いやつを竹竿に縛ったフックで、鼻輪にひゅっと掛けるんです。それでロープを掛けて引っ張っていく。もちろん抵抗します。こわいですもん、人間が。

　少しずつ牛を引いて移動しました。車に乗せれば楽ですけど、家畜車という専用の自動車なんて誰も持ってません。すごい装備が必要な車で、スロープがついて、枠もがっちりあって。そんなのないので、手でぞろぞろ連れて行く。ただ、農家が自分の牛に関しては愛情を持って世話してたので牛も覚えていて、この人は殺処分の人とは違うと判断する場合もありました。そういう農家さんには、鼻輪を使わなくても配合飼料をバケツに入れて持っていくだけで牛はぞろぞろついていく。一族というか群れがぞろぞろって来たりして。そこは私すごく感動したから動画で撮って、今もネットの中で見られると思います。Ａ地区の人はそれで楽々と牛をちゃんと回収出来て。

ただしそうじゃない牛もいる。だから毎回行って、毎週行って覚えさせる。「この人は大丈夫。この人の餌は食べても死ななかった」という感じで。私、牛にこわくないよと信頼されたくて牛の格好をしてよつんばいでモーモー言って這い歩いてたこともありました。目が合ったら絶対だめなんで、わざとそっぽを向いて鳴き真似して。えんえん同じ距離で周囲を歩くんです。今思えばほんと馬鹿みたいなんですけど、当時はとにかく殺処分されるよりも早く回収しなくちゃと必死で。牛も近づいてくれました。

最初は立入許可証も頻繁には取れなかったから、二週間に一回とか三週間に一回とかしか来られなかったんですが、許可証がちゃんと下りるようになってからはだいたい週一で通ってました。始発で行って最終で帰るみたいなのをずっと続けてて、東京での仕事が普通の九時五時だったから厳しかったですね。

役割がどんどん大きくなってきて、平日も電話のやりとりをずっとしなくちゃならなくなって。助けてくれる可能性のあるところには全部連絡を取りましたから。偉い人に会いに行ったり全部やりました。最終的に週一で足りなくなって二日に一回通うようになって。職場のおばあちゃんたちが許してくれていましたが、迷惑かけまくりで本当に申し訳なかったなと思います。

いわきからここに来るまでが長いんですよ。六号線をひたすら来る。あの頃はバイパスが何もなくて、高速も開通してなかったのですごい大渋滞で。楢葉《ならは》町に避難解除前に住むにはどうしたらいいかと考えたこともあります。復興特別要員として除染作業員は宿泊を認められてたんですよ。でも牛の世話はすごい肉体労働で大変なんです。だから除染作業員の仕事をやりながらは無理だなと思って。あとそもそも除染作業員として雇ってもらえなかった、女は危ないと言われて。で、結局コンビニだったら夜勤で、日中の立入り制限時間は牛のために時間をさけるから、そういう生活にしようと思って。それで解除前に町長特別許可で住めるようになって、楢葉のコンビニに職場を変えて、牛のそばに通い始めました。

　今はもういっぱい女性がいますけど、あの頃は一人もいなかったですね。最初、福島に来て原発から二十キロ圏内に入るときは一応放射線量を調べたんですよ。行ってすぐ倒れたらかえって邪魔になるだけだと思ったので。そして自分なりに計算して大丈夫だろうと。大丈夫というのは、人体にとって有害かどうかといえば有害に決まってるんですけどそうじゃなくて、五年は保《も》つかな、十年は保つかなと。

　目の前で牛がばたばた倒れてる映像がずっと頭にありましたからね。どうにか最長で二十年は保つかなと思ったんですよ。自分の二十年後の死亡率が〇・何パーセント上がるとか上がらないとか、それと目の前でばたばた苦しみながら死んでいってる牛の映像を天秤にかけたときに、私はその映像を見ながら無視しているストレスや自分に対する嫌悪感で早死にすると思った。

私はとにかくただ牛を生かしたいコンビニ店員です。生かしたいんです。あんなことにはもうしたくないんです。そのときの映像のことはあまり言葉にしたくないんですけど、説明しないと仕方がないかもしれませんね。さっきも言った通り、鼻輪が結ばれてるんですね。杭に結ばれたままなんです。農家は皆すぐに帰れると思っていましたから。そして鼻輪と杭の間隔は十センチ程度しかないんです。力尽きてガクッと倒れようとしても、鼻が繋がっていて出来ません。一瞬で死ねたらプチッと切れていいんだけど、死ねないんです。しかも鼻輪って人間が扱いやすいようにすごい奥のほうに付けちゃってるから。だからうちの牛たちは今、なるべく前にやっています。ともかく当時の牛たちは、ずっと鼻の奥が伸び続ける激痛の中で苦しみながら、それで死んでいった。

　私はそれは絶対忘れません。忘れられないですね。忘れられないんです。牛はがりがりにもなりましたけど、他の要因でも死にました。まず震災が起きますよね。津波で死にました。これは自然災害だからしょうがないなと私は思っています。でもその他は違います。それに牛たち側にはまったく原因がない。

　畜舎からは出られたけれども、今までそういうふうに出してもらったことがないから、右も左もわからず交通事故に遭いますよね。それでも死にました。あの頃の警戒区域は時速百四十キロで飛ばす車も多くて。警察もあれは車のほうが悪いと言っていました。それから畜舎から出たことがないから、側溝に入ったまま動けなくなって、出れなくて溺れ死ぬ。でも大半は餓死です。さらに元気なものまで処分されることになりました。

親牛と子牛がいたら子牛を先に殺しちゃだめなんですよ。そういうマニュアルがあるんです。親は本当に死に物狂いで守ろうとするので危険なんです。凍死したものたちもいます。冬、土がぐちゃぐちゃの中で泥に埋もれて死んでいる。顔を半分出して口をガーと開いたまま苦しそうに。餓死プラス凍死です。

　地獄でしたね。もう牛は飼えないと言っている農家の方々が多いです。大事にしてた人ほど牛の慰霊碑を立てたりして、とても苦しくて飼えないって。皆誇りを持って育ててたんですね。自分の手元にいる間は本当に大事に育てようとして家族として育ててきてるので、その家族を死なせてしまった。それも想像出来るじゃないですか、どういうふうに死なせてしまったかって。あの中でここに桶が一個しかなくて、水場に行けなければ相当苦しんで餓死しただろうな。柱もこんな太いのが細くなってるわけですよ。食べる物がなくて柱の木までがりがり食べる。牛って下しか歯がないのに、だから噛まれても痛くないんですけど、それなのに柱を削るくらい食べてるんです。小さい子供がいて、お乳を出すために。そういうのを農家の人たちはわかるんです。タテゴとか頭絡《とうらく》というんですけど、馬とかも頭から鼻まで布をかぶせておくじゃないですか。ああいうのを牛の子供につけるんですね。でも成長期の子供はどんどん顔が大きくなるから、放っておくと頭蓋骨も大きくなって中に食い込みます。自分じゃ解《ほど》けないんです。だから逃げていく過程で骨まで変形して肉が切れて、最後はあふれる膿と腐敗臭ですごい状態で。私がタテゴを切ってるという話をしたら、ぶわっと泣き出した農家の奥さんもいらっしゃいました。それまでは気丈に「大丈夫ですよ。殺処分しますから」と言っていたんですけど、ずっと従順に耐えていたんです。

ということで、そういう牛をなるべく早く見つけて問題を解決して広い土地に移すことを、ずっとやってきました。五年前にすごい大雪があって、その時も必死に通ってたんですけど、牛からしたら「柵の中なんかに閉じ込めといて何だよ」って感じでした。雪でも生きていけてるんですよ。下に青草がありますから、広い面積の土地があればまったく大丈夫。つまり広い柵内で放牧出来ていれば、牛は生きるんです。

二〇一一年の冬もそうでした。雪が続いて、農家と私たちが「死んじゃう死んじゃう」と心配していると、ある人から「これだから素人は」と言われて。習性を知ってる農家さんはいたんです。「牛は木の皮でも笹でも冬にある物はなんでも食べて生き延びるから大丈夫だよ」と。実際そうだったんですよね。野生の動物って生きますもんね、自然の物を食べて。

以前はここに「もーもーガーデン」なんていうアホみたいな名前はつけていませんでした。それどころじゃなくて、柵を作って毎日通えるように役場と交渉するだけで必死で、とにかく柵を作って餌やりと餌運び、これだけだったんですよ。でも結局そこから引っ越さなきゃいけなくなって、その時に地元のおばあちゃんとか子供も言える名前にしようってことになって。もーは牛の鳴き声でもあるし、ＭＯＷは草を刈るという意味でもあるのでこれはいいってことで。世界では牛って「自然の造園師」と言われてるんです。牛が食べたあとはきれいに花が残って咲くんですね。

法人は二〇一二年八月九日に作りました。最初は個人だったんですけど、そのうち仲間が集まってきて任意団体としてやった。だけどそれだけじゃ十分な信用を得られない。すぐ現場から撤退するんじゃないかと思われないように、「こういう目的でやってます。逃げません」と法人の定款《ていかん》を作るところからやりました。そのとき私も農家の娘さんも二十代だったんですけど、ここら辺ではただの小娘としか思われないから、ちゃんとしないとって。

　暗い、つらい、ひどいみたいなイメージしか持たれなくなってしまった土地で、明るさと希望と命が生き生きと……震災と原発事故があってひどい思いをしたけど、それでも動物たちは頑張って生きてるんだよという明るい姿を前面に押し出して、そんな感じでやっていたらこの前、「日本復興の光大賞」というものをいただきました。このもーもーガーデンって今は福島の、ある意味辺境の小さい地でやってるだけに見えると思うんですよ。でも、実はそれ以外のところにも通じる話でもあるかな、と。今後世界中どこの被災地でも役立つ知識と経験が農家たちからたくさん出ています。やはりみんな、あの苦しみは……つらかったんです。だから次に生かせるようにまとめていけたら。

　実は牛を自然の循環の中で飼うと、もともと畜産ってメタンガスをいっぱい出すから環境破壊するんですけど、適正頭数で適正な飼い方をするとちゃんと破壊せずに、人の生活を潤しながら、例えば日本の場合だったら耕作放棄地を解消したり出来ます。温暖湿潤気候でモンスーンだから食べても食べても生えてくる。私は牛と一緒にいるようになってから雑草ばっかり食べてみてるんですよ。不味《まず》すぎて、これは確かに人は食べれない。でもそれを牛は喜んで食べてくれる。しかも人間が条件不利地域と呼んでるような山際のところとかで、十分幸せに生きていける。そのお乳で人間は生活も出来るし、環境保全しながらそこで食料を生産するサイクルが出来たら、日本が海外の飼料を買うことでちょっと燃料が上がったり、ちょっと穀物がバイオエタノール燃料に流れたりするだけで農家が一気に経営で苦しんだり、環境負荷になったりするという要因がひとつ減るわけじゃないですか。

たまたまなんです。たまたま牛を助けたくて、なんか必死にやってたら新しい地平線が見えてきたんです。あらゆる方法を模索して考えてる中で、世界の事例とかどうしても見ざるを得ない。モンゴルでは牛の冬の餌をどうしてるんだろう、インドではどうかなって。ブラジルだと冬も餌をあげなくてもいい方式なんです。一頭四ヘクタールの場所に春夏放牧のところと秋冬用にとっておく区画を設けておいて、こっちが食べ終わったらあっち、と。太りはしないけどそんなに。そうやっていろいろ調べていくうちに、たくさんの物事を知っていきました。日本って冬に餌あげなきゃという思いが強い。草が枯れちゃうから。でも二〇一一年の冬に、私は実際に野生のように生きた牛たちが活き活きとしているのを見ちゃってますから。

普通は何百万かけて輸入した餌をあげてるけど、一方で使っていない冬の畑の雑草とか、木とか木の葉っぱとか笹とかを食べて、人間も楽に、動物も幸せに、その他の自然の生態系バランスも整う方向はあると思うんです。無理なく負担なく循環していく。そういうモデルを生み出したいと思ってて。

絶対ここからいいものを生み出したい。一番困難な場所じゃないですか、大熊の帰還困難区域って。電気ない、ガスない、水道ない、排水機能も壊れている、道もそのまま、立入り時間、人数、立入りに一カ月前の申請……制約だらけの土地から何かを生み出せたら、と。

それと、今まで殺処分とか餓死させてしまって苦しんでる農家さんたちがいっぱいいる。私はその人たちを目の前で見てきたから、苦しみを見てきたから、思いを託されたから、やってこれたというのがあるんですね。本当に死にたい場面が何度もあったんですけど、それでもやっぱりと思ってやってきたんです。そういう皆さんの思いを聞いて私は頑張ってこれて、たまたまこの地域で生かしてこれた牛たちは、私の牛じゃなくて地域の牛なんですよ。実際、この牛たちを生かすために、餓死や処分で苦しまれた地元、双葉《ふたば》郡や田村《たむら》市の都路《みやこじ》地区や、南相馬《みなみそうま》市の小高《おだか》区や葛尾《かつらお》村、そして、飯舘村。たくさんの被災農家さんたちが、助けてくれている。この牛たちを生かすために、冬の餌をくれたり、様々な方面で助けてくださっているんです。その度に、私は胸にこみあげてくるものがあります。どんなにか……なのに……。すごいことだと思うんです。だから、生かす。次の被害をなくすためのマニュアルを整備したりとか、牧場を広げる農家が出てきたり、そういうのに繋げたい、繋げられたらいいなと思ってて。

里親制度もそのひとつです。十一頭の牛たちの餌代をネット上で出してもらって、私たちはその牛たちの様子を日々報告する。まだ数十人の方ですが、参加していただいています。本当に助かっていますし、もっと広げていければと思います。

ただそうやって外の人たちに理解してもらってる一方で、復興拠点に選ばれた農家さんが陥っている誤解があります。どういうことかというと、除染されて復興拠点になって立入り制限が解除されるところに、被曝した牛を置いておいたら危ないという大きな誤解で、処分が求められているんです。なんとかそこの勘違いを解きたい。国は牛の飼育を許可してるということと、糞は除染後の農地よりきれいだから除染後そのまま牛を置いておいたほうが放射能の濃度も薄まるし、むしろいいんだということ。それを伝えたい。

七年も八年も頑張って生かしてきたのが、今殺処分と言われたら、本当に農家さんの心が折れてしまうんです。新しい牛を導入して全部やり直しましょうとも言われます。農地保全は新しい牛でって。でもむしろ、もはや出荷出来ない、汚染から生き残ってきた牛たちが農地を開拓し直していくほうが安心だし、感動を呼ぶんじゃないでしょうか。だって、多くの農家の気持ちが集まって、奇跡的に震災を乗り越えられた牛たちなんですよ。

さらに楢葉で草刈りの予算が切られます。立入り制限の解除後三年からは、国が今やってくれてる草刈りをしてくれなくなるんです。私は牛に補塡《ほてん》させたらいいのに、と思います。双葉郡内を平均するとひとつの町で千ヘクタールくらいあるんですよ。今帰ってきてる農家の人たちはあまりいないし、帰ってきても足腰立たないから皆もう農業は出来ないという人も少なくない。再開したと思った人がいても田んぼ数枚とか、ちょっと狭いところで。昔と同じ面積をやろうと思っても、全体の農地からしたら千分の一みたいな単位なんですね。

双葉郡全体では何千ヘクタール、何万ヘクタールとあるんです。全町村避難自治体だと八一八九ヘクタール。そこのうちで農業再開出来るのは百ヘクタールもないです。そんな中で他の農地はどうするのか。牛を導入すれば楽なんです。荒れ地が蘇る。草刈りの費用も浮くし、人間のほうも柵のある場所を回って電線を点検するだけでいい。そもそも腰をかがめなくていいんです。牛という名の草刈り機ですよね。そして冬にはトラクターになって耕してくれる。だから今いる被災牛たちに活躍してもらってやるのが一番いい形だと思う。

だから草刈り事業をしようと思ってて。草は野菜を作るときのマルチとしてもいいんですよ。そもそも土壌に比べて草が実際に吸い上げるセシウムって低いんですね。特に楢葉のは全然低い。こういうのを売るなり何なりして収益化出来ないかなと思ってて。その余ったものは牛たちの餌に。なにしろ収益をあげたら雇用も創出出来ます。

補助金も何もなく、誰が見ているわけでもない、真っ暗な中でずっと八年間、寒い中も雪の中も暑い中も通って牛の世話をしに来てた人たちの力というのは、それこそ復興に必要な力なんだと私は思います。そういう人たちがもっと報われて欲しいという思いがあります。そして、何より頑張って災害後を生き抜いた地域の生き残り、しかも草を食べて土地を守って大活躍している命がいる。私は、そうですね、その思いでここの牛と一緒にいます。

THE MOTHERS

A

わたしの場合、あの地震があって停電になって、すぐ実家に向かったんです。ちょうどつわりの時期で、四番目の子がお腹にいました。実家もだんだん水が出なくなっていって、でも住んでるのが山の中なので山の水があって助かりました。

停電は短かったんです。電気が点いたのでテレビをつけると、原発のニュースばっかりでした。あともちろん津波のニュースと。そこで実際に原発が水素爆発したということもあって、どうしようかとなったときに、うちはわりとすぐ避難しようということになって、その何日か後には群馬に向かって行ったんです。

最初は夫は残って、わたしの兄と母が義理の弟のいる群馬経由で川崎《かわさき》に避難したんですが、その車に乗せてもらいました。ガソリンはたまたま満タンになっていました。ガソリンがなくて避難出来ない人も多かったんです。それで途中の群馬で降ろしてもらって、そのときになくなったガソリンをまた補充してもらって助かったのがいまだに忘れられません。

そこで兄と母とは別れて、わたしと子供たちだけは義理の弟のお宅にお邪魔させてもらって。そこで何日間か過ごしてるうちに、今度はうちの主人の妹と妹の子供たちも来たり、また何日か後にはうちの主人も来て、みんなで一週間くらいそこでお世話になってた感じでした。

そこで見ていたテレビはやっぱりずっと原発事故のことと、津波のことでした。もう帰れないんじゃないか、どうするんだという不安でいっぱいでした。ただ、保育園の卒園式が出来ないでいたんですね。そしたら三月末くらいに「急遽《きゅうきょ》、三月三十日にやるよ」と連絡が来まして。そのままだと小学校も通常通り入学になるかもしれないと思って、あわてて福島に戻ったんです。

戻ってみたら、もう福島は福島で身近な情報がいっぱい入ってきて。近隣は飯舘からの流れでとても空間線量が高かったんですけど、わたしが住んでる地区はたまたま大きな山の裏になるので数値がとても低くて。

それも自分たちで測ってわかったんです。うちの主人が理系に強くて、そこはわりと強味だったんですけど、いち早く調べてくれて。線量計が支援物資みたいな形で入ってきてたのですぐ家のほうも調べて、高いところはすぐ除染が出来たりして、汚染された土などを一カ所にまとめといたりしたので、線量も低くなってということがあって。

そうやって福島に帰ってきたからこそいろんなことがわかって、うちの自宅のあたりは大丈夫だろうという主人の判断もあって、わたしはだんだんお腹が大きくなっていって、ここにいて暮らしていくことがわりと早くに決まって。子供の小学校も始まって。

近くの地区でもとても線量が高かった場所の子供たちはずっとバス通学だったんですけど、わたしたちのところは徒歩通学で、早いうちから体育も外でやったりで、全然環境が違いましたね。

まわりは避難したらいいかどうしたらいいかというので迷っているお母さんたちがいっぱいいて、一学期が終わった頃に引っ越されていった方もいて。避難するかしないかのピークは夏休みの終わり頃だったと思います。

早くに避難した人は自主避難になるので全部自腹だったはずです。わたしたちももちろん自腹だったんですけど、その後に徐々に支援体制が出来てきて、夏休み頃に「じゃあどうするか」みたいになって決めた方々がわりと多かったなと。だから夏休み明けに児童数が減ってる学校はけっこう多かったと思うんです。

で、震災の年の十月に出産しました。自宅から二十五分くらいかかる産院で。子供は四人とも同じところで出産したんですけど、それほど妊婦さんが激減してるという感じはありませんでしたね。ただ、里帰り出産で来られている人と同じテーブルでご飯食べたりすることがそれまでは多かったんですけど、そういう方はちょっと少なかったかな。少子化なのでそんなものかもなと思ってましたけど。

B

わたしは震災のあと、すぐ避難しなくてはという感じじゃなくて、毎日のニュースや聞きなれない放射線量の数値が不安で、だんだん状況が素直に受け入れられなくなってきていました。「誰々さんの奥さん、避難したそうだよ」とか、主人の職場や友人関係から聞くことも増えていって。いよいよ自分たちもどうにかしなきゃとは思ってたんですけど、一人目の子供が生まれて四カ月という時期だったので家の中で見るのが精一杯で、まだ外出もほとんどしない時期だったんですね。だから家の中にはいたんですけど、あれこれ考える余裕がなくて。

　でもだんだん大きくなって外に行ってみようかなって思ったときに、いいのかなと。ベビーカーに乗せてみたいけど、外の空気を吸っていいんだろうか、とか。ガーゼで手作りマスクを作ったりとかしたんですけど、子供はすぐ取っちゃうし。なんか過ごしづらいと思いまして、主人とも相談して山形に行ってみたいということになって動き出しました。

　山形の不動産屋さんに行った日は、とてもたくさんの人で混雑していて、びっくりしました。物件は、もう数軒くらいしか空いてなくて、他に福島から来ている方が物件を見ないで決めていることを聞きました。不動産屋の人と内覧に行く流れを省くほど事態は深刻なんだろうか？と、こわくなりました。「うちは見ます」と見に行ったんですけど、「でもここしかないですよ」と言われて、迷いつつその場で印鑑を押して帰ってきたんです。

物件的には狭くもなく悪いところじゃないと思ったんですけど、なにぶん土地勘がないので不便なところか便利なところか全然わからなくて、不安で。主人もその時期多忙を極めていて遠方の出張も控えていたので「今日決めるしかないね」となりました。すごく焦りました。不動産屋の「皆さん決めてお帰りになりますよ」の皆さんに自分たちも入ったんですね。

引っ越しまでは早かったです。二週間くらいで荷造りして。その荷造りたるや大変で、子供をおんぶしながらの作業なので精神的にいっぱいいっぱいになっていましたが、「でもしょうがない」って腹をくくって旅立って。

家電製品とかはすべて赤十字さんがサポートしてくださって、冷蔵庫とか電子レンジ、テレビ、等々いただけたんですね。その日程を調整して、お引っ越しの次の日くらいに全部届くように段取りました。業者ではなくみなさんの手を借りながらで、本当にありがたかったです。

必死にやっていたので気づかなかったんですけど、平日に荷解きとかしてると「わたしここで何してるんだっけ。友だちもいないし、子供と二人で」みたいな感じで、精神的に大変なことになりそうだなと思いながら毎日を過ごしてました。こわかったです。

A

群馬では解放感でいっぱいで、しかも従兄弟《いとこ》がみんな集まっていたので、うちはそのときは子供が三人でしょ、それにやっぱり福島から行った義理の妹にも子供が二人いたんですね。それからもともと義理の弟のところに二人いて、つまり一軒に七人子供がいるという状態で。

わたしはつわりでほぼ動けませんでしたけど、子供たちは外で遊べる環境と友だちが出来てウワー！って感じだったので、本当に連れて来てよかったなあと思って。遊べる環境になったし、たくさん友だちもいるしで子供は元気いっぱいでした。

福島にいるときは実際まだ三月で寒い時期で、原発が爆発した次の日は雪が降ったりということもあったくらいで、まだ外で遊べる時期じゃありませんでしたけどね。あとはやっぱり常に不安な状態で。津波の情報だけでも不安だったし、いつ余震が来るかというのもあったし、あとうちは夫がパン屋さんなんですね。パンを焼いていまして。ちょうど地震が来て電気が止まった間は一緒にいたんです。で、電気が通ってからはみんな買い物が出来なかったじゃないですか。店はまだ開いてたけど、とにかくガソリンもないし道路も寸断されて物も入って来なくて、買い物難民で並んだりしてた時期だったから、とにかく自分のところでパンを焼いてあちこちに届けてたんです。

そうするとうちに夫がいないわけなんですよ。夫は消防団でもあったので出かけがちで。そうすると、子供は三人わちゃわちゃしてて、一人でみんなにごはんを食べさせなきゃいけないしですごいストレスだったんです。ところが群馬には大人もたくさんいて、子供を遊ばせてくれる人もいるし、だからそういう環境に行ったほうがいいじゃないかということで行ったようなところもあります。義理の弟のお嫁さんとかお義母《かあ》さんにもお世話になって本当に感謝で、だからうちの子供たちは避難したというんじゃなくて、遊びに行ったような、春休みにちょっと群馬に行ったみたいな感覚だったと思うんです。ですから、あの子たちは当時のことに恐怖心はあまり抱いてないです、今も。

それで群馬で時間が過ぎるうち、このまま長く続くようだったら家を借りようかと夫と話しあって。そのときはあちこちから「貸すよ」とか「あそこで貸してくれるらしいよ」みたいな情報も入ってきてて、借りようかとか言ってた家もあったんです。でもそんなことしてるうちに、やっぱり長くいるとみんな大変になってきて、向こうの家にも六畳の二間にずらっと布団を敷いてお世話になってる感じだったので、やっぱり窮屈にはなってきてて。さてどうしようというときに、保育園の卒園式のことがあって、結局福島へ帰ってくることにしたんです。

B

わたしは三年半、帰れませんでした。

知らない土地で大変といえば大変です。でも内にこもってしまうともっと大変かなとハッと気づいて外に出てみて、避難住民の交流会のお知らせとかが届くようになったらなるべくそこに行くようにしました。そしたら福島の方がいっぱいいて、知り合いじゃないけど、そこで会えるお友だちが出来たんです。

「また次回の交流会で会えるね」なんて女性同士の繋がりが出てきて、それで持ちこたえることが出来たんだなと今から振り返ると思います。

しかも、支援物資とかオムツとかミルクをそこで配ってくださるんですね。なんと手厚いことか。そこでお洋服とかいろいろちょうだい出来るものをいただいて、おもちゃとかもいただいて、「今日は似たような環境の人と会えたからちょっと元気になったな」と帰ってくる日々でした。わたしは恵まれていて、同じ町内会の集落に他にも避難していた方が多かったらしくて、わたしはそれ自体も知らなかったんですけど、たまたま民生委員の方がすごく親切にしてくれました。「避難して来てる人、この辺にいっぱいいっから。その人たちと町内会のイベントで芋煮会すっから来な」と言っていただいて、ドキドキするけどとりあえず参加したら確かに避難している人がいっぱいいて、驚きました。

その場所で子供を幼稚園に入れてるお母さんや、赤ちゃんを抱いてるお母さんとか、いろんな方がたくさんいたんですよ。町内会ってことはみんな歩いて行けるエリアなんですよね。だからそこでまた繫がりが増えて、近くにいると思うと頑張れて。お母さん方の誰かに「具合が悪い」って言うと何か買ってきてくれたりとか、そういう関係が少しずつ構築出来て心強かったです。

お互い「夜はこわいよね」「ちょっと物騒だね」「新聞の勧誘とかこわいね」とか言いながら、共通の悩みとか話題もたくさんあって、それでやっていけて。ある程度交流会に出ているとそれぞれグループ的なものが出来ていって、その仲よく出来る人たちだけで「今度どこか行こうか」とかになるとなんとなくもう安心出来て、そんな感じで暮らしていけたのがあの年、二〇一一年の冬くらいですかね。

交流会は月二回だったと思います。場所を変えて転々として開催されるので、それで土地勘も出来てきて「ここはこういう地名なんだ」とか。わたしの情報はきっと山形市のほうで借り上げ住宅を申し込んだ人ということでリストアップされてて、「避難しているお母様方へ」というくくりでお便りも手元に届いていました。

だから山形にはすっごい感謝してます。そのときに助けていただいた男性の方は今でもこの、福島に帰還したお母さんの会に関わってくださっています。その方は「個人的に福島の知り合いが多かったから何かしたいと思っただけだよ」と言ってくれて、今は支援のほうは第一線から退いておられるんですけど、その当時はすごく親身になっていろいろ活動してくださっていました。この施設を開設したときも「やったね！」と来てくださるような人なんですけど。いろんなところでいろんな人の、そういう力があったんだなって。

周囲はけっこう福島へ帰る方が多くて、一年経たないで帰ったお友だちもけっこういます。帰ったらもう会えない人が多かったんですよね。浜通りの人たちも多かったし。「行かないで」なんてもちろん言えないし、わたしが口をはさむ話ではないので、帰るという話を聞くとしょんぼりしちゃう感じではありました。

それぞれ大変なんですよ。「ちょっと経済的に無理だ」とか。二重生活で旦那さんのほうとこっちと。家電製品はもらえたけど、実際の光熱費とか食費とかはダブルなのできつくなってきたとか。あと旦那さんが一人の生活にもう限界なんだとか。それぞれのご事情で帰っていくのでね。

避難しているお母さん方は、そういうふうに減っていく一方でした。どんどん削り落とされていくみたいな感じで。もう知ってる人はどんどんいなくなって、でも主人のほうも「危ないうちは帰ってこないほうがいいよ」と言ってくれる人だったので、そのかわり一生懸命通ってくれていましたし、なんでも一緒に相談しながら、進めてくれました。そういうところは今でも感謝してますし、共通の理解がないと成り立たないという、その当たり前だけど本当は当たり前じゃなかったかもみたいなことを、あのときはお互いによく頑張ったねって、あとで一緒に振り返ったりもしました。

ただ、震災前から、マイホームを建てようとしていたので、さあ造るぞというところで震災があって、いずれ家は建っていくのに、放射能は気になるという、そっちのほうがわたしは悩みでしたね。「ああ、家が建っちゃう。本当に大丈夫かな……?」みたいな。家が完成しても、まだ住みたくないなと、そういう考えに変わってきてしまいました。変な話、「あと一カ月震災が早かったら」とか「わたしたちの契約がもうちょっと遅かったら」とか、そこでわたしはすごく苦しみました。帰るべき家が出来てしまうのはうれしいはずなのに困る、みたいな。

その時期は、葛藤の日々でした。少しずつ出来てくる家を見て、ここに帰ってこなくちゃなんだな、とか。タイミングの悪いときに家を建てたって感じになってしまい、悲しかったんです。帰福して様子を見に行くたびにいろんな家がまわりに建っているのも、驚きでした。

気になって家の近所の線量を測ったりもしていました。ただし、土を入れ替えていただくという条件でハウスメーカーと前に進めていたんですね。「こういう状況なので普通は浅めに取るところでも全体的に深く土を取っていただいて、入れ替えて欲しい」ということを言って、「それで料金が上がってもいいです」ということで折り合いをつけて。近所とかも測ったんですけど、結局そんなに大差はなくて。

　夫は放射能はやっぱり「ないほうがいい」ということはよく言ってました。わからない、目に見えないから、「それは遠くにいたほうがいいよ」みたいに送り出してくれてはいたので。ただ家を建ててしまっていることに対しては後戻り出来ません。

　まわりの人たちは帰ってくる度におうちが完成してどんどん住み始めていました。だいたい二十軒くらいのニュータウンなんですけど、わたしは三番目くらいに建て始めたのに、普段家に住んでいない分、逆にわたしが「誰ですか？」って思われてるはずで……。「あそこの家、建ってるのになんで人いないの？」とたぶん言われてるなと思って、そういうのも気になって。

　そしたらお隣さんなのかな、たぶん聞き間違えたのか、最初は素直に「避難してて」と言っちゃった気がするんですけど、いつの間にか「ご主人の仕事の都合だってよ」という話になってて、勝手に転勤ってことになってたんです。わたしがそう言ったのかなと思ったんですけど、ともかく今さらそれを覆《くつがえ》すよりも逆によかったかなと思って。じゃあいいかって。あえてそこはほじくらずに過ごしました。

　結局それで三年半で帰りました。家が建ったのは、娘が一歳の誕生日くらいだったので震災から八カ月くらいです。だから出来てから二年半、越さずにいたんですね。「まだ帰れないよ」の一点張りでした。旦那さんも「まだいいよ、じゃあ」みたいな感じで。そこは「早く帰ってきなよ」みたいなことは全然言わない人だったので、そこで「帰ってこいって言ったのはあなたでしょ」ってあとから喧嘩の火種になると困るのはたぶん主人のほうですし、わたしも「自分が納得して帰ってこないと絶対に人のせいにするよ」ということで、自分で決めて帰ろうと。誰かに言われたからとかで決めたくないな、と思っていました。

　でも空間線量も気になりますし、食べ物も飲み物もすべて気になっていました。しかも二人目の子供を山形にいる間に授かって、出産だけは福島の実家でして、一カ月健診が終わってすぐまた山形に帰って。でも山形に戻ったら、その三、四カ月くらいの間にご近所の避難友だちが、ほとんどいなくなってて。

「引っ越したよ。あんたが二人目産む前に、切迫早産で入院したりしてて、大変な時期だと思ったから、あえて言うのを控えてたんだよ」と友だちから言われて、その気遣いもまた寂しくなって、また一人になっちゃったという悲しい気持ちはありました。

　線量のこととか、みんなどこかで心配してて、でもそれを言ってたらいつまでも帰れないんです。気になるんだけど、それよりも生活が大事とか、子供に転校をさせたくないからとか。ちょっと二の次にして、今一番考えなきゃいけないことを優先して帰っていくというのがママたちの決断だった気がします。家族で一緒にいたいというのはやっぱりみんな思っていたから。

　うちの子なんて小さかったから、山形の幼稚園にも入園してからいろいろわかってきたようでした。新しく出来たおうちと山形のおうちが、どっちが誰の家かもわからなくなってきて、「こっちはパパの家で、こっちはママの家で」って。拠点になってるほうが自分の家だと思うので、「どっちに帰るの？」みたいな。「今日はパパがいるほうね」「じゃあ、いつ本当の家に帰るの？　どっちが本当なの？」みたいになって、もう面倒くさい、「どっちも家なんだよ」って言いながら。

それでわたしは本当に自分の気持ちで帰ってこようと決めました。山形では子供を幼稚園に一年入れたんですけど、二年目からは、家があるところの幼稚園に入園を決めました。やっぱり学校もどうせ中学校も同じ学区になるので、小学校に入る前にお友だちを作っといて欲しいなと。わたしも母としてそこの地域になじむのに一年は欲しいと思って、その様子を見ながら自分も適応したいなって思ったんですけど。納得して帰ったはずなのにやっぱり不安はあって、学校とか大丈夫かなという疑問は常に持っていました。

福島では体育を平気で外でやるし、プールも入らせるし。そういうところは幼稚園だろうが小学校だろうが同じです。わたしは逆に震災から福島がどういうことをして立ち直ってきたのかを、山形にいた分、見てないんですね。ずっと不安なまま山形にいて、帰ってきてもその空白は埋まってなかったので、福島の頑張ってきた姿とか自治体がやってきた姿は一切知らないので、疑いのまなざしばかり向けてしまうことはありましたね。

なので窓とかも絶対家では開けなかったですし、新築だったけど洗濯物は絶対外に干せないと思って、いきなりサンルームを作ったり。家のまわりの地面もずっと砂だったんですけど、いやだと思ってコンクリにして。

そんなこんなしてるうちに、この「伊達《だて》もんもの家」を立ち上げるお話を伺って、スタッフとして勤務しないかと声をかけていただきました。もんもって言うのは母親の意味です。で、最初は断ってたんですけど、子供が幼稚園に上がるまでは「子連れ出勤OK。子育て優先でお仕事をしましょう」と責任者の方が言ってくださったので、スタッフとして働き始めました。仕事内容を見たときに、それがお母さんたちの悩みに寄り添ったり共有したりとかということだったので、じゃあ逆に自分が不安なことをここの事業に入れてもらおうと。そう思ったら気持ちがあがってきて、気になる公園の放射線量を調べに行ったり、業者の方と一緒に登校ルートの線量を測ったり食べ物を測ったり、結果的にすべて自分の生活に直結して役に立つ情報ばかりでした。とてもありがたいことで、本当に感謝しています。マイルールという基準が出来てきたのも、迷ってばかりいる自分には大きな収穫でした。

子供を遊ばせるときも「この間ここを測ったとき大丈夫だったから、あの公園に行こう」とか「あそこだけは行かないで」とかそういう分別がつくようになって、そういう意味では仕事と私生活の繋がりも出来ました。いろんな専門家の方とお話をする機会があったり、お勉強させてもらえたりとか。それまで疑心暗鬼でいっぱいだった自分が、少し楽になったなというのはありますね。

心配なことを見える化して、とりあえずオッケーかだめかを判断出来るようになったのはお仕事のおかげですけど、ただ漠然と「ここは大丈夫かな?」というのはずっと一生持っていくと思います。子供のことであっても病気とかになったら「福島だからかな」と思っちゃうだろうし、それはたぶん福島に住んでるお母様方はみんな心の奥底にあることで、フタをしないと生活していけない事実もあって、そればっかり気にしてると暮らしていけないので、そこは無理やり割り切っているんだと思います。

　水素爆発があって放射性プルームが広がったあの日、水をもらうのにわたしも子供を抱っこして並んでたのが、今思ったらだめだったんだって。あのとき少しでもわかってれば旦那さんだけに行ってもらうとか出来たのに。でも余震がこわくて留守番もいやだったとか、いろんな事情はあるにせよ、あの十一、十二、十三、十四という四日間、外にずっといた事実は消せません。そういうことは二度とやりたくない。もし同じことが起こったら、それは絶対やりたくないと思います。

A

わたしは爆発直後の数日、逆につわりで動けなくて、だから外に出てないんです。かわりに両親とか夫が動いてくれて、子供三人はわたしの側《そば》にいたので、それはよかったんです。でも当時何もわからなかったですからね。あとから振り返ったらというだけで。そのときはただ避難の指示が出て、十キロ圏とか二十キロ圏とか。四十キロまで避難になるかもしれないみたいになって。

　自分の住んでるところは丸の中に入らないね、みたいに言ってたんだけど、それしかわからない状況だったので、いずれ避難しないといけなくなるかもなみたいなのはあったんですけど、実際に放射性物質がこっちに来てるとかどういうふうに飛ぶとかいうのもあとからしかわからなかったし。情報が全部出てきても、あのときどうだったという振り返りばかりでした。本当にたまたまあのとき外で並んでたとか、たまたまあのとき家にいたとか、そこで運命が分かれたという感じなんです。

　わたしはわりと早く福島に帰ってきて子供をこっちで育てていたので、だんだんみんな小学校に上がっていってという過程の中で、いちいち放射能の問題が出てきたのを知ってるんですね。「プールをどうするか」「外の遊びをどうするか」「除染をどうするか」「除染が始まるまではどうするか」「食べ物をどうするか」、そういう話し合いが必ずあちこちであったんです。保育園だったり小学校だったりで先生方や親御さんたちが話し合いを重ねて、それをひとつずつ決定していって、だから例えば保育園でも「こんなことをやる」となったときには、ひとつひとつ同意書を書いて「お願いします」って持っていったり、そういう感じだったので。

　行政や教育機関の経営主体でいろんなことを話し合いながら、それを保護者に下ろして、保護者も自分でどうするか決めて、「外遊びに同意します」みたいな感じだったり、「線量を測って除染もしたので」とか、保護者で屋根掃除したり壁掃除したりして、ひとつひとつクリアしていってその都度納得したり、あとわからないことがあると、小学校よりは保育園のほうがどうしても年齢が低いからみんな敏感だったので勉強会をやったり、先生と話し合ったりが多かったです。うちの夫も役員だったのでそこでもやりとりがいっぱいあって。ひとつずつクリアしていきました。

もちろん同意しないお母さんもいました。ただ急にすべてを解除したとかじゃなくて、線量も測って除染をして常にお知らせがあってという経過の中で、「じゃあ外遊びも一時間から開始します」とか段階を経ていったんですね。もちろん最初の年はプールもなかったですし、そういうときは保育園のほうで体力低下を防ぐためにスイミングスクールに連れて行ってくれたりとか。あとスポーツクラブのインストラクターの先生を呼んで体操の時間を設けてくれたり。建物の中で動けることをとにかくやりましょうとやってくれて。

　運動会も体育館の中だったんですけど、そういうのを何年か経ていって、あるときから「今年は外でやります」という感じで。段階を経たという感じだったので、そこに同意しながら、もちろん同意出来ない方もいたけど、先生方と話し合いをしながらという感じでした。ですから、そこに関してはわたしはあまり大きい不安はなく過ごせた感じです。

　自分の家の周囲の線量の数値がもともと低かったというのは大きかったです。それが他の地区くらい高かったら迷わず避難だったなって主人も言ってて。そういう地区は途中から特定避難勧奨地点になったので、線量の低いところに引っ越してという方も何人もいました。そこからこっちに通ってるという人もいたので。また除染をして、避難勧奨地点を解除されて戻っていくという過程もありました。

B

わたし、被災当時は福島市に住んでいましたけど、家を建ててる間、帰ってくる場所がなくて、県内の自分の実家に帰っていました。わたしの両親は何も言ってなかったです。「気になるよね。こわいね。食べ物もまだ気にしてるんだったらこれ出さないでおくね」と、そういう感じで理解してくれていました。旦那さんのほうのお義母さんも「これ食べれる？」みたいな感じで聞いてきてくれて。

さすがに三年くらい経つとそのへんは少しゆるくなっちゃいましたね。付き合いというか、あからさまに「いらない」とか言えないので。子供にはあげないで、わたしたち親が食べる。一応頑張れば線量もこの会で自分たちで測れるように研修したんですけど、頑張れないときは親が食べることが多いです。

でもね、子供もすっかり大きいので「お祖母《ばあ》ちゃんからもらったものなんで食べないの？」っていう気持ちになるから、そこでもし捨てたりすると祖母も悲しむなと思って。

そこも気にしながら、「お祖母ちゃんからもらったもの、一個だけ食べて、あとで感想言おうね」とか、そういう感じでうまく状況を見ながらです。

C

わたしは最初は米も県外のもの、野菜も県外のものというふうにしてたんですけど、測ってどんどん数値が減っていくという……こっちの市で毎月お知らせで地区ごとの測ったデータをずっと出していたんですね。もちろん身近なところの交流館ですぐ測れるようになって、どんどん減るのを見ていて、あと米も全袋検査になっていって、それも検出されなくなって。食べ物に関しては、たらの芽と筍《たけのこ》とコシアブラと季節ものの山菜はわりと最後まで出るんですけど、ただそれも一時しかない食べ物なので気をつけていれば。それに筍はわりと線量が低くなってきたので、自宅の裏で採れるのとかは食べたりはしてます。そこは特にうちは制限はないです。

この会に来た人たちとだったら暗黙の了解で、食べ物の話とか不安なこととかがほぼ全部みんな一緒なので話せるんです。ただ、そういう場所って少なくて。ママさんたちの数を考えたらおかしな話で、本当はもっとなきゃいけないと思うんですけどね。

山形とかでお母さんの繋がりが出来たのって、わたしからしたら、すごくいいなって思う。こっちにいたらそういう新しい繋がりみたいなのは出来なかったから。そういうことを話し合いましょうみたいなのもなかったし。それはでも保育園がかわりにやってくれてたと思うんですけど。逆に言ったら、本当に手の届く繋がり、支援の輪が広がったのを山形に行かれた人は経験されたんだなって。新しいものに出会って帰ってきたんだなって。

B

こうして、どうして出ていったのか、どうして戻ったのかは千差万別でそれぞれ違うんですね。その過程で経験したこともみんな違います。だからここの集まりで話しあうのが大事で。

子供たちが毎年する内部被曝の検査とか、甲状腺の検査とかもそこで現実に戻されるので苦しく感じます。やったほうがいいけど、やって何か出たらお父さんもお母さんもすごく苦しいじゃないですか。だから「もうやらなくてもいいよ」というお母様ももちろんいらっしゃいますし、「不安だから続けてもらったほうが」という方もいる。それ今でも対立している意見で。ただ、子育てしてる以上、子供の健康という意味では一生気になっていくと思います。「大丈夫かな、この先？」って。でも甲状腺検査ももはややめようかと言われてるくらいですので、自分の子供は自分で守るしかありません。

実際面と向かって話をするわけではないですけど、検査は必要ないんじゃないかなと思ってる方がいるのは確実ですよね。別の県から引っ越してきたママで「なんでこっちに来たらこれやらなくちゃいけないの？」って言ってるお友だちがいて。ご主人が転勤族でいろんなところに行ってて、青森から引っ越してきたんですけど、「福島に来たら同意書が学校に届くんだね」って。「『受けますか、受けませんか』って、そりゃ受けるって普通言うわよね」という感じで受けてますけど。

対象は震災当時にいた子供だけですけど、そのお友だちの場合は住民票を移さないで転々としていたので。子供も小さかったし。そうなると検査対象だけど、「前の幼稚園では来なかったよ」とかあって。逆に震災のあと引っ越してきたから通知が来なくていやだという人もいますね。「わたしの子供は大丈夫なの？　対象じゃないけど」と。住民票がなかったから対象になってないというのが変だなと。こっちで生活してるわけなので。

そういう変な矛盾みたいなのはこれからもたくさん出てくると思います。やっぱりなかったことには出来ないんだから、でもとにかく、あたかも「もう大丈夫です」みたいに発信されると中にいる福島県人としてはどうなんだろうとは思います。全部払拭《ふっしょく》して、みたいなムードが最近感じられて、何だかなあというのはあって。

A

子供は中二、小六、小四、小一で全部女の子です。だからそれも助かったんです。あまり外に行きたがらなかったので。外遊び出来ない環境でもそんなにわたしも子供も苦痛ではなかったんで。男の子だったら大変だったと思います。もちろん性格とかもあると思うんですけど。ただ、やっぱり外遊びしなかったからか、一番下の七歳の子は、保育園の一歳児のクラスで教室を閉め切って、家でもベビーカーで散歩とかも出来なかったので嚙《か》みつきがひどくて。子供同士の嚙みつきってあって、上の子たちも通常あったんですけど、四番目の子のときは毎日嚙み痕がついてきて異常事態だったんですよね。園長先生も心配されて。上の子たちも一回か二回はありましたけどそこまでではなかったので、園長先生がいろんなところに相談したら、やっぱり新鮮な空気を吸うとか外のものを見るとかは大事で、あと先生たちのストレス具合とか、家でのそういうこととかあるので、だからある意味、嚙みつきはしょうがないねってなったんですけど。

でも噛みつきって「家庭で何かあった？」という感じになるんですよ。「家でかまわれてないんじゃないかい？」とか「お母さん忙しいかい？」みたいになってたときもあって、わたしも最初はすごく反省して、何かあったかな、四番目だからかなとか思ったりしたんですけどね。みんなあらたまって言わないけど、いろいろ胸の中にしまってるんじゃないですかね。こういう話をお母さん同士ですることもあまりないですしね。子供はなおさら出来ないでしょうし。

　こんなに遡《さかのぼ》ってしゃべったのは久しぶりです。

C

　わたしのうちは子供が一人で六歳です。震災一年後くらいに妊娠しました。福島市内に住んでいて震災にあって、そのまま一年いて妊娠がわかって、主人のほうが一応避難してたほうがいいんじゃないかなみたいな感じで、それからいろいろ調べ始めて、妊婦のときに一人で新潟に避難したんです。

　本当は山形が一番近いし、みんなも行ってて、そっちがよかったんですけど、もういっぱいだったんです。震災後一年経ってからだったので、もう受け入れがパンパンで、まわりの市町村、あんまり聞いたことがないところなら受け入れてもらえると言われたんですけど、それも心細くて。一人ですし、小さい町に行くのはちょっとな、と。

　そしたら主人が山形よりは遠いけど新潟もそんなに苦じゃないって、自分が行き来するのに。

だから新潟がいいんじゃないって。実際行ったら素敵な街でした。都会だから。そこで、じゃあいいかなって。

で、産むときは戻ってきたんですね。さすがにやっぱりうちの母とかも向こうにまで出かけて行くというのはちょっと負担だということもあったので、福島市内の病院で産んで。震災二年後の十月に産んで、十二月の中旬くらいにまた新潟に帰って。

わたしは食べ物にはそこまで神経質じゃありません。まわりは気を遣ってたんですけど。うちの母とか父とかも少し気にしてたし、主人も気にしてたので、ペットボトルの水で過ごしたりとか、食べ物も県外産のものを探してというのをしてましたけど、福島に帰ってきたら逆に楽になりました。

やっぱり一人で避難してるっていう期間は孤独なので、そのストレスもあったから、こっちに里帰りして会おうと思ったら会える友だちがいたり、家族がいたりというのは、気楽で。産院の先生も「今は線量も測ってるし」とおっしゃってて。「その当初に出産された赤ちゃんたちもすくすく育っていて、異常もないし、スーパーで売ってる食べ物は大丈夫だから福島のものを食べてもいいんだよ」っていうのを、妊婦健診の母親学級みたいなところで先生が言うくらいだったんですね。ただ、それを聞いてわたしは「ん？」と思ってましたけど。先生はそう言うけど、まだわかんないでしょとちょっと疑問はあった。

そういうふうに百パーセント安全ではないと思っていたので、今出来る最善のことを家族でやりたいという気持ちがわたしと主人の中にはあって、とりあえず子供が二歳になるまで新潟に、となりました。

まわりにも避難してきた方がちらほらいましたけど、なんせわたしは出遅れて避難したので、新しいコミュニティにどうやって入っていいかがなかなか情報が少なくてわかりませんでした。でもここのママの会みたいな、福島の外に避難してるママたちが集うおうちが新潟にもあって、それを不動産屋さんたちが知っていて教えてくれたんですね。妊娠中も行けばよかったんですけど、子供がいないと行きづらくて、つまり知ってたけど足を運んでなくて、でもいざ行ってみたら、郡山《こおりやま》とかいわきから避難してるママたちがいて。

震災直後よりはかなり減ってたらしいんですけど、みんないい人たちで、そこで何人かとお友だちになって情報交換をしたりとか、福島の話、「食べ物、ああだよね、こうだよね」という話とかは新潟の人に言ってもなかなか伝わらない部分があったので、そういう場所で話が出来るのは助かりました。福島のいろんな情報を得たりとか。

その間、旦那さんは二週間に一回くらい来てくれました。うちは自営業をしているので休みをちょっと作って。わたしのほうはママの集まりを知ってからは、赤ちゃんを連れて行けるベビーヨガとかベビーダンスとかいろいろ、ベビーマッサージとかそういうのにわりと顔を出して。あとは普通に、避難ママじゃなくて、子育てしてるママたちが集うようなところに行って。

新潟って大きなところなので転勤族さんも多くて、わたしみたいに別の土地から来てこっちに友だちいないよという人がわりと多くて、そういうところでお友だちを作ったので、それはそれで楽しくて自由で。食べ物も自分が食べるものと、子供はまだ小さいから母乳だけでいいしみたいな感じで、旦那の食事を気にせずにのびのびと楽しんでたんです。
そう、わたしは楽しんでましたね、わりと。借り上げ住宅という形で行っているので、家賃は全額補助してもらってて、負担を感じてなかったですし。家賃補助がなくなっちゃったときにやっぱり大変だなって、それにちょっとやっぱり精神的につらくなってきちゃったので、やっぱり戻ろうという感じで。

三年前くらいから補助を減らされて、最初の年は半額だけ補助しますよとなって、その次の年は三分の一補助しますよという形で、それが今年からゼロになって。つまり三年がかりでゼロになったんです。

向こうで少しでも家賃払って生活するというのもあり得たけど、子供も大きくなってきて、主人が来て楽しいのにバイバイするときのつらさがね。赤ちゃんのうちはわかってなかったけど、だんだんわかってきちゃって、そこもつらくなってきて。あとは夫婦のコミュニケーションが電話だけというのは、すごい、何だろう、「生きてる？」みたいな感じで毎晩電話でしゃべるみたいなのが何か苦痛になってきて。別にしゃべらなくてもいるだけで感じられる空気感みたいなのがないのがストレスになって、それでいっぱいいっぱいになってきたので。

溜まると泣くんです、わたし。ある日、一人でいたときにぶわーっと泣いたことがあって、限界なんだなというのを感じて。それを旦那に言ったら、じゃあ帰ってきたらとなったんですけど。福島市の山の中に自宅があるんですね。そこって市内でもちょっと放射線量が高いんですよ。主人はやっぱりそこに子供を戻すのは不安だったんですね。だから実は伊達市に借り上げ住宅を別に借りて。こっちに戻ってくるという条件で、そういう制度が出来たんです。

最初の年は全額です。六万円までの家賃のところだったら全額で補助、というのがあって。ただわたしは福島市から県外に避難しているので、福島市がこわいなと思って避難してる人が福島市に戻るのは補助の対象外ですよっていうシステムだったんですけど。つまり、「福島市が危ないと思って出て行ったんだから、戻ってくるのはもう大丈夫と考えて来てるんですよね？」ということなんです。

だから、福島市でなくて近隣の市町村に戻ってくるんだったら補助がありますよというシステムで。わたしは実家が伊達市なので、だったら伊達市でいいかなと思って。この近くに借り上げ住宅を借りて、そこで一年。

次の年に半額になるまでいて、来年そろそろ子供も小学生になるので、学区の土地になじむのも大事かなと思って。家賃三分の一の補助でもちろん電気とか全部基本料金は払ってたので、無駄なので戻ろうかというので、自宅に今戻ってます。この三月から。

特に気をつけてるというわけでもないというか、ここにホットスポットがあるよっていう場所なんかを知ってるんですけど、「それ除染してもらったほうがいいよ」って人に言われても役所には言ってなくて、「あそこは行かないほうがいいよ」って子供にも教えたりとかはしてるんですけど、別に普通には生活してますね。市役所に一本電話するのが億劫《おっくう》というか、うーん。

結果、わたしはプラスになったことが多いというか、いろんな繋がりが増えて、ここの会みたいに避難をしたママたちとの繋がりも出来て、気持ちを分かち合える。でも「ずっと残って福島で頑張ってたんだよ」という友だちもいっぱいいて。私の友だちはわりと避難をしなかった人たちが多いので、そのミゾで苦しむんですけど、何もそこは触れないというか、それはそれぞれの選択だよねという形で高校からの友人なんかは接してくれるし、変わらない友だち関係が続いているので、そこはお互い理解が出来るというか。

いろんな人とお話ししても共感出来る部分がそれぞれにあったり。震災当時は子供が自分にはいなかったので、産んでみて育ててみて、ああそうだよね、子供が心配だったよねと。あとからだんだんわかってくるというか。幼稚園とか小学生の子供がいてという友人たちが、自分たちなりに調べたり判断したりしながら動いていたのは、こういうことかと。

今も新潟に行けば向こうで遊ぶお友だちがいて。だからすごく幅が広がったんです。転勤族ママさんたちともお友だちになったので、いろんなところに転勤していくので、今千葉にいるよとか、今福岡にいるよとか。遊びに行こうと思ったら行けるかなみたいな。全国に友だちが出来て。

補助していただいた上にこんな宝物をいただいて、震災は大変な経験でしたが、得るものもあったかなというのがわたしの気持ちです。大変だったという思いだけで終わっていないので。もちろん大変だし、今でもいろいろ心配事がありますけど、そんなに悪いことばかりではないと思ってます。

一年前くらいに幼児教室を立ち上げて。モンテッソーリ教育の資格を取ろうと思ってずっと学んでたので、資格を取っちゃったから何かしないと。投資してるので、そこを何か行動に移さないともったいないので。

主人がけっこうけしかけるんですよ。せっかく行かせたのにって。いつやるの？と言われて、やらないとなあって。教室ではパソコンをいっぱい使うし、ブログを書いたりとかしますし、そこでもう少しコンピュータが使えたほうがいいなというところでつまずいていて、誰に聞いていいかわからないときに会から教室のお知らせが来て、無料でいいんですか？みたいな感じで今日ひょこひょこと来たら、取材があるよと言われて、今ここにいます。

D

小学校四年と一年、子供は両方とも女の子です。四年生のほうが二〇〇八年生まれで、震災のとき幼稚園に入る前の年だったので、すんなり避難したんです。

わたし、実家が山形なんですよね。なので、三月十四日には危ないと思ってもう出て行ったので、それから七年いました。

原発事故当時アパートに住んでて、下の階の人が行けるところがあったら行ったほうがいいと言ってくれて。当時は窓もガムテープで貼って、換気のところもふさいで。これはただごとじゃないと思って。そのとき学者の人のブログがお母さんたちに読まれてたんです。それをわたしも読んでともかくよそへ行ったほうがいいかなと思って、十四日に。

旦那さんは行ってないです。仕事もありましたし。わたしは妊娠六カ月だったし、仕事もしてなかったのですぐ動けた。実家にとりあえず行きました。荷物は数日分です。実家だし洗濯出来るしと思って、服くらいです。その日、雨が降ってたんですけど、「アパートから車に移動したこの傘を車に入れていいのかな。これ捨てる？　どうするどうする？　捨ててく？」って。結局は福島のアパートに置いていきました。

　実家ではお互いに地震が大変だった報告と、ただ放射能はあまりわかんないですよね。とりあえず子供にはよくないっていうのは実家のほうでも聞いてたので、じゃあしばらくいる？って。一週間とか。そこから始まって、家で採ってた野菜も心配で、重曹で洗ってみたりとかしていました。

　お父さんは食べていいけど、わたしは食べないっていう。何かあったらお墓叩いても責任とってもらえないし、わたしは子供育てないといけないから食べたくないと言って、山形のものさえ最初はあまり食べなかったです。

　そのときに行政の連絡みたいなものはなかったですね。なかったですし、自分はただの市民で、行政と自分の行動が繋がるなんて思ってないんですよね。事の大きさがわかんないし。だから繋がろうともしなかったんです。

　そのあと山形でアパートに移りました。ちょっと実家も窮屈で、家はお祖父《じい》ちゃんがいて、両親とお祖父ちゃんと三人のところにわたしたちが行って五人で、兄がちょうど四月から娘が中学に入るというので同居を決めてたんですね。

週末ごとに夫が来て子供が生まれて十人になっちゃって、普通の田舎の家に。引っ越してきた兄の奥さんがすごい気を遣ってくれてるし、うちの子は小さいけど、姪っ子の心の影響とかもあるかなと思って、それで場所を探して移動して住んだんです。

旦那さんはとりあえずそんなすぐには帰ってこないほうがいいという判断でしたね。七年間ずっとそうではなかったんですけど、最初の二、三年はそうでした。子供が小学校にもまだ入ってないし、なるべく安全なところでと。妊婦健診だけこっちに来てたんですけど、そのときの先生も「まあ、無駄な放射能を浴びないでいければいいね」と。

そう言ったのはその先生だけだったんですけど。助産師さんたちは「浜通りのほうからもここに来てるんだよ」って、「絶対大丈夫なんだ」ってきっと病院の経営とかを守る意味でも言ってたんだけど、その先生だけが「行けるところがあるなら行ったほうがいいんじゃない？」って言ってくれたので、そのことも主人に言って、やっぱり向こうにとなりました。勇気がいりますよね、そんなこと言うなんて。病院も守らなきゃいけないのに。

それでアパートに越して新生活です。実家から十五分くらいのところで、山形市の境目くらいかな。下の子が生まれる前にアパートを契約して、生まれて一カ月経った日くらいに移動して。主人も金曜日の夜に来て日曜日の夜か月曜日の朝に帰るのを、毎週七年間やってたので、週の半分くらいは母子、半分くらいは夫もいるという。

月一回くらいしか来れないお父さんも多かったのでうちはよかったです。山形でも線量のこととか不安でした。線量計をアマゾンで買って、そのときもおかしくなってるから、いくらでもいいから買おうっていうので十二、三万するやつを買って。自分で警告音の設定が出来るんですけど、それも線量を厳しめに設定して、ピピピピ、「やっぱりここも危ない！」って。あと近くでも急に音がしたりして、「あれ、福島から来てるお母さんがいる？」って、砂ぼこりとかもピピピピピピって音がしたり。

うちのアパートも引っ越す前までちょっと外より線量が高かったです。夫が放射性物質を運んでくる。国道のところも高いといいますよね。車やトラックとかが運んでくるところだから。合流するあたり。

当時は線量計を手放さずにいましたね。そして魚、牛乳、あとキノコとかは避けていました。例の先生のブログを見て、昨日まで食べてたけど、そこに書いてあったら食べないとか。でもそんなに神経質じゃないのでだんだん緩くなって、そのうち福島に月二回は帰ってくるようになって。

そうなんです。避難生活を長く続けたいのもあるし、月一回か二回は週末、夫が山形に来たときに一緒に福島に帰ったり、わたしたちが金曜日にこっちに来て土曜か日曜に旦那さんも一緒に山形行って、日曜に旦那さんが帰って行くとか。

やっぱり空気吸いたくないっていう気持ちがありました。子供に吸わせたくないし。でも子供をお祖父ちゃん、お祖母ちゃんに会わせたくて。そのときはもちろん野菜もお米も持ってきて、理解あるお義母さんとお義父さんだったので、炊飯器も二個でした。福島のおうちでもお米作ってたけど、わたしたちは持っていって。それをお義母さんが自分たちのとは分けて炊いてくれるんですよ。畑の野菜はお義父さんとかが作ってるから食べたいんだけど、子供たちに食べさせたくないのをお義母さんもわかってて、これ辛いからねとか、これ大人のねとか言って。

わたしたちは食材で皆が食べれるものを作って持ってきて、それを子供に食べさせて、その他のお義母さんの作るおかずは大人が食べる。その頃はよく、一つの食卓に二種類の食事って言ってたんですけど、冷蔵庫二つ買ってる人とかも、残ってる人には多かったと思います。世代別で冷蔵庫を分けるんです。

食べれば絶対美味しいんですよ。でも桃とかも食べなかったし。今年やっと食べました、桃。それまでは桃を買って食べていて。でもこっちに引っ越してきたので、もうね、いちいち言うのをやめようと思って。ただ水道の水は飲んでないし、毎日のお米も福島のは食べてないですけど。

給食が問題で、こっちに帰ってから最初は気になったんですけど、それよりも転校した子供への心の影響のほうが大きいと思ったので、なるべくまわりの子と同じで。これが主人の仕事の都合で転校するならそんな気持ちにはならないと思うんですけど、母親の選択で避難して、しかもみんなより長く避難してたとなると、その避難という選択を失敗したって思われたくないというか。本当に子供のことを考えてが半分、みんなに「ほら」って思われたくないのが半分で。

山形に結局七年、けっこう長いですからね。下の子が小学校入学ってことになって考えたんです。今四年生の上の子が一年生になるときまず最初に、親戚の中での大きい話し合いがあって、そこでちょっと決められずに、どうしようって留まって。

旦那はわたしに、何かあっても頑張って乗り越えていける？って聞いてくれて、頑張るってわたしが言って、じゃあ覚悟したってことで、もうちょっと山形にいたら？って旦那が言ってくれたんです。

でも次の子の入学で今度は話し合いをするまでもなく、もし入学で帰らなかったら機会はもう二度とないっていうので、なんとなく帰ろうかとなって。長女の入学のときに夫は譲ってくれたわけですよね。本当は帰ってきて欲しいわけですから。戻ってきてもらって、わたしにもこっちで働いてもらって、生活も楽にしてもらいたかったでしょうけど。だから今度はどうこう言わずに帰ろうかな。わたしが譲る番かなというのがありました。

子供の健康のことは限界があるなと思って、心配はあるけど、もう七年……まわりにも避難してる人はいなかったし、いつまでもいると思ってはいなかったので、泣く泣くではないですけど、自分たちの経済力と年齢とかのことも考えて、「わたしたちお父さんお母さんが出来ることはすべてやったよ」と将来子供に言えるかなと。

その間も行政は一生懸命やってくれてて、伊達市から避難したお母さんを山形で集めて定期的にお話し会とか。最初はバトルですよね。県の人と市の人が来てスーツ着て、こっちが聞きたいことを聞いてても「それはやってますから」「お母さん、それはね」みたいな感じで、お母さんたちも怒って、全然話し合いにならないのが、だんだんお互い勉強して、三回、四回になると……。

最初は手遊びとかから始めて、リラックスタイムからの対話にしたり。対面式から円にしたり、心理カウンセラーの人が来てくれたり、支援物資を持ってきてくれたり。市に送られてくるオムツとか石鹸とか肌着とかパンツとか、そういうのを持ってきてくれたりして。

そこの集まりで会った人が涙ながらに思うことを言ってるのを見て、意気投合して、友だちになってみたいなことになって。さっきそこにいた二人もそうなんですけど。

引っ越してきて、今はわたしが一番孤独かな。子供たちはまあまあうまくなじんでいて、上の子はおおらかな子なので転校してうまくいってるし、下の子は一年生だからそれなりに切り替えが出来てて。わたしは失業保険をもらったりで仕事をしてなかったので、社会にもしばらく出てなくて。

ただ、帰ってきたときはこのあたりの人たちが遠く見えたんですけど、今はもうそれがなくなりました。田舎だからみんな親切で。でも暇だと山形に行ったりはしてます。

わたしが帰ってきた情報をここの会の友だちがどこかから得て、連絡くれて、何か手伝ってくれますかと。今、お手伝いを始めたところなんですけどね。三週間くらい前からです。

数年前だったら高校は山形のお祖母ちゃんちから通わせようと思ってたんですけど、伊達市もけっこう考えてくれてるし、こっちの人と話せば一生懸命やってるのもよくわかるし。洗わない野菜を丸かじりしようとは決して思わないけど、でももう大丈夫かなって思いながら生活しようって決めて。甲状腺検査とかすごい気になりますけどね。あとは体を丈夫に育てて。今はスイミングだけ子供に習わせてるんですけど、病気になりにくいように。やっぱり人生を乗り越えるスタミナをつけて欲しいんです。体が丈夫なことって、大事だなって思うので、子供は丈夫に育てたいなって。なので今は不安はそんなに、人に言えないほどの不安はなくなりました。もともとずっと言う場所もなかったし、重いし、解決しないし、ですね。

今は放射能の測定もしてないですし。振り返ってみると、全部自分の基準で避難生活も続けてたから、そのまま自分で大丈夫と思えばいいんだ、という感じです。

なんとなく終わりにしたいと感じたのかもしれないです。今ここで働いてるからまたいろいろ考えてるけど、山形の最後の二、三年って普通の市民として生活してきたから、無意識に放射能に気をつけてること以外はそういう危険の感覚がなくなっていったのもあります。五年前だったら、線量だけじゃないんだ、一ベクレルも摂取しない、そういう感じでしたから。

本当にお母さん次第なんだなって、自分を見ても思います。

わたしも戻ってきて変わったんです。

RADIO
ACTIVITY

元はこの机がそこにあって、こっちの机もそこにあってゲストが四人入れて、私がこっちのテーブルをつないで機械をいじりながらだったんで、だからマックス五人がしゃべれたというスタジオです。

この施設の間取りを考えたのは私なんです。設計図は描けないけど、間取りは描けるじゃないですか。こっちに背を向けて、私は向こうの大きなガラス窓に向かってしゃべる、と。

しかも、その窓は開くのね。だから観に来てる人と会話しながらやれました。スタジオに入りきれない人がいる場合だってあるじゃないですか。すると一本マイク伸ばして窓の外からの声を拾ったりとかして。

向こう側の板の台の上に、畳がいくつか敷いてありますよね？　あの台は可動式なんですね。舞台にもなったりするし。で、実は工事中に私がここに来たときは窓の高さがちょっと高かったんです。それはだめだ、と。聴きに来てくれた人に対して、なるべくオープンでいたかったんです。

ここは県の建物なんですね。高齢者等サポート拠点というのを建てられるよという話になって、建ててもらったんですよ。そのときに「県の建物なのにラジオのスタジオを造るってどういうこと？」と、町の担当者は言うわけですよね。だから、県との打ち合わせをしますと言ったときに、私、計画書の厚いやつをこのくらい作っていって。じゃあ始めますってときに、ボンッと目の前に出したんです。

　実はここの部屋の使用目的を何も書いてなかったんですね。県の高齢福祉課の人が「この部屋は何ですか？」って聞いてくれたので「そこ、ラジオ局のスタジオにしようと思ってるんです。ここからラジオをやるんです」と言ったんです。そしたら県の人が「面白い。やりましょう」と言ってくれて。作戦勝ちでした！

　そもそも、こっちへ移ってくる前、一番最初に「避難施設の中でラジオをやろう」と言ったのも県の人なんですよ。ビッグパレットって郡山市にあるんですけど、そこに私たち富岡《とみおか》町の町民がドバッと三千人ぐらい行ったので、その人は県の職員として派遣されてきたんです。もともと生涯学習課にいた人だったんですけど。その人が……私、県の職員の人って重箱の隅を針でつつくような人たちだと思ってて、面倒臭い人たちがいっぱいいると思ってたんですけど、全然違ってて、その人が最初に「ラジオをやろう」と言ってくれたんです。つまり県の、それぞれ別な人が二度、そう言ってくれたことになります。

　三月でした。三月十一日に地震があって、十二日に避難指示が出て、最初十六日まで川内《かわうち》に逃げていて、たぶんその日くらいに富岡町の人は郡山市のビッグパレットに移ったんですね。私は両親もいたし、ちょっと妹のところに親を預けてたりして、二十六日にビッグパレットに戻ってきたんですよ。戻ってきて「さあやりましょう」という感じだったんですけど、その後に県の人が派遣されてきて「まずボランティアセンターを作らなきゃいけないよね」という話になった。でも災害ボランティアセンターというものは、ここは郡山なので郡山市の社協、つまり社会福祉協議会が作らなくちゃいけなくて、管轄が別なんです。私たち富岡の社協には何も出来ない。

ただ「ビッグパレットの中だけでボランティアセンターを立ち上げることなら出来るよね」という話になって、四月くらいからその準備を始めて、五月にセンターをオープンさせたんですけど、その「おだがいさまセンター」というところの広報担当が私で、「ラジオやっぺ」という話になって。いや、確かに急な話ですけど、さっき話した県の人が言い出したんですよ。

そもそも役場の人は役場の人なりに町の仕事をやらなくてはいけないですし、ビッグパレットを管理している人たちは管理の仕事をやらなくてはいけないじゃないですか。だからその中間みたいなところにある「おだがいさまセンター」は、いわばなんでも屋になったんですね。いろんなマスコミの取材というか、聞かれることの受け答えを誰がするかの割り振りもしたり、ボランティアのマッチングや町民の相談事も受け付けるし、とにかくなんでもやった。

うーん、てんてこまいだったんでしょうね。くわしくは覚えてないんです。何かやったことは覚えてるんですけど、「じゃあ、あのときこうだったよね」と言われても「うーん」みたいな（笑）。ビッグパレットふくしまには全国からたくさんの支援物資が届くわけですよね。その中に小さなラジオ……何て言うんだっけ？　ああ、トランジスタラジオ。それがたくさん届いたっていうんで、支援物資としてみんなに配ったらしいんです。私はそれを見てたわけじゃないんですけどね。例の県の人が見てピーンときたんだって言うんですよ。「みんながラジオを持ってるんだったら、これで聴ける番組が出来ないかな」と。震災後わりとすぐです。

　あとから聞いたら、その人はたまたま名物県職員みたいな人だったんです。愛称を「ジャック・アマノ」って言うんですけど（笑）。みんながしてた名札に、その人はジャックって書いてたんですね。アマノさんという名前の人なんですよ。私はなんでジャックなのかなと思ってたんですよ。あるとき「ああ！　アマノジャクか！」となって。

　そういう人がたまたま来たんですね、みんなで避難してるところに。で、そういう人だったんで、マスコミ関係で知ってる人がいっぱいいたんですよ。私なんて誰一人知らなかった。だからジャックは「あいつに頼めばラジオが出来るはずだ」とかね、ビビビビーンときたらしくて。

　私は当時、広報誌を週に一回出してたんですね、ビッグパレットの中で。それで、作ってる間になにげにふっとアマノさんのほうを見たら、向こうもふっと私を見て、目と目が合ったんです。「へっ？」と思ったら、突然「おお、ラジオやっぺ」って言うわけですよ。「えっ！」と思いながら、一応相手は県の人なので「そうですね」って言ったんだけど、心の中で「出来るわけねえべ」と思いました（笑）。

　しかも、それまで富岡町自体ものすごくラジオの電波が入りにくくて、ほとんど聴けない。ラジオ聴く習慣がない場所だったんですよ。中学とか高校の頃は私も深夜放送とか聴いてましたけど、それでもジジジジッジジジジッって感じだったので。今でも富岡にはラジオ福島とか入ってこないです。

だからラジオ局といったらものすごくレベルが高いというか、ハードルが高いというか、雲の上の人たちがやってることとみたいにしか思ってないので、「何言ってんだ、この人」と思って。そしたらたまたま、ほんとにたまたまそこにふくしまFMの人が来ました。

その人はもともとフリーのアナウンサーで、当時はふくしまFMにいて、アマノさんのことをよく知っている人だったので、震災の避難所を取材に来て、その取材の御礼に来たみたいなんですね。こちらからも「やあ、この間はありがとうございました」って挨拶したら、アマノさんにラジオ局やるから手伝ってくれって言われたと。

その人さえ「へっ？」と思ったらしいんですけど、会社に帰って「今アマノさんに会ったらこんなことを言われちゃった」って話したんですって。そうしたらたまたま、またたまたま、そこが何か番組を作るためのスタッフの部屋だったらしくて、雇われたプロの人たちがたくさんいる部屋だったみたいなんですね。その部屋の中から「じゃあやろう」という声がし始めて。

つまりそのふくしまFMの人も「やれますよ」とアマノさんに言いに来たみたいなんです、その日に。でも、困ったのは私ですよね。「やれ」と言われて「やれますよ」と言う人がいて、でもまずお金はどこから出すの？　社協のお金からだよね。そんなお金ないですけど！みたいな。

そんな矢先にたまたま、はい、全部たまたまです、大阪ボランティア協会の方が来てくれて、五月の連休に避難所がものすごくゴチャゴチャしてるのを見て、「お金はあるの？」と言われたんで「ないです！」って答えると、即座に携帯電話でどこかにかけて、私に「銀行の番号は？」と聞くとすぐ、「普通預金に三百万入れる」って。「こういうことに使うために財団があるんだ」って言う人で。「何に使ってもいいし、報告書もいらないから」って。私たち、その協会を通じて朝日財団からお金があったことでラジオの機材を買うことが出来たんですよね。

　ただそこから何が一番大変だったかって、上司を説得するのが大変で、ラジオ局やるって何考えてんだ、みたいな。私はそれでも「今ここでは必要だと思うんですよね。みんなラジオを持ってるし」とか、「大まかなお知らせは館内放送で流れるかもしれないけど、でもそれだけが欲しい情報じゃないと思うんですよね」なんて主張して。間に挟まってどうしていいかわからないから、思ってもみないこと言ったんですよ（笑）。

　当然、上からは「そんなの買ってこれからどうするんだ？　もし富岡に帰るようになったらいらなくなるだろう」という話だったわけですよ。なので「大丈夫です。使い道はいっぱいありますよ。富岡で使わなくなっても、これから他の地域で地震があるかもしれないから、そういうところに使ってもらうという方法もあります」とか、もうわけわかんないことを。「はあ⁉」とか上司に言われて。「そんな夢みたいなこと言ってねえで」みたいなことを言われたんだけども、ところが上がってきた見積書がすごい安かったのね。要するにここにあるような音量を操作する卓と、音楽を流すＣＤの四角いデッキと、それからマイク、あと発信するものですよね。アンテナといってもビッグパレットの中で聴ければいいので、そんなに高くないアンテナ。あのとき締めて二十何万だったんです。

　それを伝票書いて回したの、これですからって。予算は朝日財団からいただいたお金使います、と。そしたら金額見てびっくりしたんじゃないかな？　あまりにも安くて、思わずハンコを押しちゃったみたいな勢いで認可されて（笑）。もらったぞ！って、こっちは盛り上がって。そういえば、あの頃はスタジオっていっても段ボールで組み立てただけでしたけどそれを作って。

　ちょうど内閣府の人が週替わりで来てたんですね。その人たちにジャック・アマノがうちのＦＭの看板作れって言ったんですよ。そしたら段ボールで見事な３Ｄの看板を作ってくれて。そのときから「おだがいさまＦＭ」に名前は決まってたんですけど。ＦＭっていう字がボボンボンって浮き出した看板で、みんなでうわあ！って。

　ビッグパレットのホールは天井が落ちちゃってて、しばらくの間、封鎖されていたんです。応急の工事さえ出来なかったので「ここからこっちは入っちゃだめだよ」と言われていた場所だったんですね。そこの天井に網を張ってもらって、上から何も落ちないようにして役場や私たちの機能が入ったんです。ラジオ局はそこで始まりました。

　開局のときに……五月の二十五日だっけかな、十五日かな、開局したんですけど、そのときに日経の記者がよく出入りしてたんですね。その人にゲストに誰かいないかと、たぶんジャック・アマノが頼んだんだと思うんですけども、来てくれたのが太田《おおた》光代《みつよ》さんだったんです。いきなり第一回放送ゲストが。もうびっくりしちゃって。しかも、袋にいっぱい生姜の入ったハーブティーを持ってきてくれて。スタジオは段ボール製なんですけどね（笑）。

たくさんテレビ局が来ました。ダーッと居並ぶように取材です。私は陰に隠れて「すげえな、すげえな」と思って見てました。そのときはまだしゃべらなかったんで。しゃべり手はふくしまFMの人たちで日替わりでやってて、七時から九時までが生放送で、その二時間だけの放送です。オープニングにものすごい人が集まって、たくさん椅子を並べてやったんですけど、次の日も放送はあるじゃないですか。まあいいかと思って、次の日は椅子を並べなかったんですね。そしたら集まった人たちが「なんで椅子を並べねえんだ！」とか言い出して。そんなのラジオ持ってるんだからラジオで聴いたら？と思うんだけど（笑）。ラジオを聴くのに、みんなラジオ片手に集まってきちゃって（笑）。

しょうがないから私たちは毎日椅子を出してたんですけど、そのうち聴きに来た人が自分たちで椅子を用意したり片付けたりするようになったんです。だからいつも十人以上がラジオ持って待ってるんですよ、放送を。

とはいえ、震災から二カ月経ったあとに始まったラジオ局だったので、内容はしごく真面目でした。新聞の記事を読んだり、お知らせを言ったり「明日のイベントはこうですよ」とか、「避難所での注意事項はこうですよ」というのを、とっても真面目にやってたんですね、最初の二日間は。

ところが、三日目でした。あるパーソナリティがすごく面白いことを言ったんですよ。そしたら笑い声がドワッと館内中に響いたの。私、そのときのことをよく「ビッグパレットが笑い声で揺れた」と表現するんですけど、聴いてるみんなの笑い声でドワッとなって。あ、とそのときに思いました。もしかしたらみんな、笑うきっかけを待ってたのかもって。大地震もあったし津波もあったし原発事故もあったし、みんな悲しい思いとかつらい思いとかしながら我慢して生活しているわけですよね。本当にこれくらいの、狭いスペースの中で。

だから人にものすごく気を遣ったし、笑っちゃいけなかったんだろうなって。それぞれの人たちが自分の感情を封印しながら生活してたんだと思うんですよ。泣くことは許されるんです。泣くことは許されているんだけど、どこかでやっぱり笑いたいという感情は持ってて。でも一人で急に「あははは」って笑えないから、みんなで笑えるきっかけを待ってたんだなって。

私は、放送中よくスケッチブックを持ってたんですけど、次の日からそのスケッチブックに「笑わせて」って書いて指示しました。「いいの？」って聞かれたら、「うん。笑わせて」って。そしたら、もう普通のラジオ局のお笑い感覚になって、「今日こんな面白いことがあった。あんなことがあった」「避難所でこんなことがあってみんなで笑ったんだ」みたいな、そういうことがバンバン出てきて、本当に避難所が楽しくなったんですよ。

それから、もう日にちは忘れちゃったんですけど、サッカーの長友《ながとも》選手がビッグパレットに来てくれたんです。でも、毎日二時間ずつパーソナリティが二人三人と交替し続けていて、いいかげんプロも疲れたんじゃないかと思うんですね。私も一応「やってもらってる」と思ってるので、九時までは必ず現場に付き合ってたんです。そしたら、「今日しゃべらないか。ゲストで『おだがいさまセンター』の吉田さんに来てもらいました、みたいな形でどう？」と言われて。

そのときはまだ長友選手が来るというのをずっと内緒にしてたんです、パニクるから。ずっと内緒にしてて、「この日いいよ」という解禁日の放送のときに「自分の口から言ったら」と言われたので、私から「実は、明後日《あさって》、長友選手が来ます」という話をしたんですよ。そしてそのまま一時間、二時間くらいかな、しゃべりました。

それが終わったときに「いい人材を発見した」みたいなことを言われて、私は何のことなのかよくわかんなかったんですけど、それからやっぱりプロの方々が体調を崩しちゃったりしたので、まず機材の使い方を教えてと言って、やり方を全部教えてもらって私がしゃべるようになりました。基本、私たちのＤＪは自分で機材を操作しながらしゃべるスタンスだったんです。

でもそのうちに今度は、避難所に住んでる人がだんだん少なくなってくるんですよ。仮設住宅が出来れば仮設住宅に移っていくし、アパート見つけて移っていく人もいるし、「親戚のところに行きます」とか「東京に行きます」とか「仕事が見つかったからあっちに行きます」とか、日増しに人が少なくなっていったんですね。少なくなっていけば聴く人も少なくなるわけですから、逆に何やってもいいわけですよ（笑）。すごい前向きな考え方だけど。

六月二十日くらいにビッグパレットの隣の南一丁目の仮設が完成して、多くの人が移っていったんです。すると、なんとそこではラジオが聞こえない。だから、みんなラジオ持ってビッグパレットに聴きに来たんです。「聞こえねえど！」「聞こえねえ、聞こえねえ！」とか言いながら（笑）。

そのくらいの時期に、じゃあここからはふくしまＦＭの人たちに頼らず、私たちでやってみるかみたいな感じで、ガールズトーク、って全然ガールでもないんだけど、女性たちで放送したりとかが始まりました。放送開始から二、三カ月後のことでした。

震災直後はしばらく当時の富岡の町長が具合悪くなっちゃって入退院を繰り返したりしていたんですけど、落ちついた頃このスタジオでゲストに出てもらえないかと思って、体調も回復したので「出てもらえますか？」と言ったら「いいよ」と言ってもらえたので、「明日は町長がゲストで出ます」という話をしたんですよ。

ＫＦＢ福島放送というテレビ局が郡山にあるんですけど、私も富岡町民だし、その私たちが聞くのも抵抗があると思って、「実はこういうときなので町長と対談してもらっていいですか」と相談したら、テレビ局のアナウンサー二人から「いいですよ」って。ずっと出たいと言ってくれてたのでお願いしました。これでしゃべり手の幅がまた広がりました。

しかも、彼らはなにしろ富岡の細かい事情を知らないから、ジャーナリスト精神でなんでも聞けるわけですよ。私たちだったら気を遣っちゃうところがいっぱいあった。それと「その日はこんなアナウンサーの人が二人来ます。そして町長がラジオでお話しします」と言ったら、それまでにないくらい人が集まったんです。オープニングよりも大勢でした。「ああ」とそこでまた……遅かった、ごめんねと思いました。

ばらばらになっちゃった人たちもいるんだし、みんな町長の言葉を聴きたかったんです。地震があってからの町の対応、どういう状況になって自分はどういう指揮を執ったか、無理やり頼んでビッグパレットが避難所に決まったときの経緯だったり、東京電力から「爆発するかもしれない」という連絡が何もなかったという話だったりとか、そういう話をアナウンサーが丁寧にちゃんと聞いてくれて、みんなも納得したのかもしれないな、と。

二時間もある番組だし、富岡町長がテレビに出て二時間しゃべるなんてことは絶対考えられないじゃないですか。でも、洗いざらい思いきり時間を気にせず話が出来る場はやっぱり必要だし、町民の人たちも「本当は町としてはどうだったの?」という、町長としての思いを聴くことも出来た。だからやっぱりこういうラジオは必要なんだなあと思いましたね。

まだビッグパレット閉鎖の前でよかったと思います。八月三十一日にビッグパレット自体が閉鎖して、「おだがいさまFM」もその前日にいったん閉局になりましたから。で、その閉鎖発表の前にお祭りがあったんですよ。避難してた町民の人が「いつかはここ、閉鎖になるよね。そんなに遠くないよね」って言い出して。そのときはまだ閉鎖は決まってなかったんですけども、もしかしたらというような噂が流れていたんですね。それで、「ここで一発お祭りやってお別れ会にしようか」という話になったんです。

それ言い出した人はお祭りのときに太鼓を叩く人だったの。だから以前はそういうこともあったんだろうなと思って、じゃあ夏祭りをやろうかってことになって。ちょうど七月の連休だから今くらいですよね。夏祭り。そのときに櫓《やぐら》を建てて、郡山のビッグパレットの敷地の中で相馬盆唄が流れました。

そのときにね、仮設住宅に行っちゃった人なんかはもうなかなか会うことが出来ないですよね、けっこう遠いので。でもお祭りだから集まってくるわけです。すると、もともとビッグパレットに避難していた人たちが私の顔を見ちゃ「ラジオ聞こえないんだけど、どうやったら聞こえるの?」って言うんですよ。本当にいろんな人から言われて、「え、この人たち、ラジオ聴きたいの⁉」と思って。じゃあどうしたらいいんだろうって考え始めました。

臨時災害FMっていうのがある、というのはなんとなく、女川《おながわ》のオナガワエフエムの話とかがテレビで放送されてたので知っていて、あり得るなとは思ってたんですけども、聴きたい人たちがいるんだったらちょっと考えようかなと思って、いきなり総務省に電話して。

だって方法が他に何もないんですもん。さすがに申込用紙のダウンロードくらい普通あるだろうとか「こういうふうに立ち上げます」って説明はあるだろうと思って、一生懸命に探すけどないんですよ。だから、これは総務省に電話しなくちゃいけないなと思って。

ビッグパレットの放送が終わる前ですね。どうにかならないかなと思って。一回は終わったとしても、そのときにはここの郡山の仮設の中の施設でやろうかなとぼんやり思っていた時期なので。でも方法がわからないので、誰に聞いていいかわかんないし、まわりにそんな人いないし、しょうがないから総務省に直接電話して。そしたら、例のたまたまです。たまたまいい人が出てくれたっていう。

エンドウさんというんですけど、こちらの話を全部聞いてくれて、ただ「わかりました。でもね、受付ここじゃないんです。東北総合通信局です」と言われて(笑)。その上で、「私は何々部なんとか課の課長補佐のエンドウです。いいですか。私から紹介されたと必ず言ってください。必ず言ってくださいね。相手は東北総合通信局の誰々さん、この人に電話をしてください。いいですか、私から紹介されたと必ず言ってください」と。

それでわけもわからずそちらへ電話して「何々部何々課の課長補佐のエンドウさんからご紹介いただいたんですけれども」と言ったら、相手は「ああ、うう……」と。「うん」とも「だめ」とも言えないわけですよ。「郡山で臨時災害ＦＭをやりたいんですけども、どうしたらいいですか？」「ああ」って。第一条件として被災地なわけです。臨時災害放送局だから被災地で立ち上げることが第一の条件。でも郡山は富岡町民の避難先なんです。富岡町でやると言ったら一発でオッケーだったかもしれないんですけど。

そういう中で、避難先である郡山でラジオ局を立ち上げたいと私が言うので、だから返事が出来ない。前例がないんです。「検討してみます」。でも、全然連絡が来ないわけですよ。一カ月くらいして私はまた電話するんですね。「富岡町社協の吉田なんですけれども」「ああ、うう……」って（笑）。

「もともと郡山にはココラジというコミュニティＦＭがあるので、そこからやってもらえませんか」と言われました。「でも、私たちは富岡町民に富岡の話をしたいんです。そこに話を持っていってしまったら、逆に迷惑がかかります」と私は言ったんですね。実際、ココラジに知っている人がいたので聞いてみたんですよ。「七時から九時までの枠を富岡で買ったらいくらしますか？」と。そしたら何百万なわけですね。

また電話してそれを伝えました。「すいません。見積書をとったんですけど、こういうふうになると一カ月何百万。一年にするとこれだけかかります。それでもやれと？」「ああ、うう……」って。今度は、本宮《もとみや》市ってあるんですけど、モットコムというコミュニティＦＭがあるんです。「あそこの社長さん、いい人ですよ」って紹介してきた（笑）。私のことを説得にかかるわけですね。ああ、説得されてるんだなと思って、「でも私たちは富岡の人たち向けに富岡の話をしたいので、それを聴いてもらうことが条件なので、どこでもいいってわけではないんですよ」みたいなことを言ったら「うーん……」とか言って。

それがずっと続いていくわけです。最後にどのくらい経ってからかな、十一月くらいに電話したときにまだ「ああ、うう……」とか言ってるので、「私たちは好きで避難をしているわけではないんです。原子力の災害、原子力発電所の事故によって国の指示によって避難をしているんです。富岡でラジオ局を立ち上げることが出来ないから、だから今郡山に避難している人たちにきちんとした情報を届けたくて郡山で災害ＦＭをやろうとしているんです。聞きますけど、原子力を推進していたのはどこですか？　原子力政策ってどこが推進してたんでしたっけ？」と聞いたら「国です」って。「だったらその責任で私たちの生活を守っていただけないでしょうか」みたいなことを言ったんですね。そしたら「町長から電話ください」って（笑）。

これオッケーかなと思って。すぐ役場の総務課に電話して「こういうわけだから」と言ったら、「わかった、すぐさせる」と言って。そのとき町長はいなかったんだけど、副町長から電話してもらったら、すぐオッケーが出ました。ただここの場所がまだ建ってなかったので、きちんとした住所がないと許可が下りないというので、施設が完成してから正式な申し込みということになりました。

建ったのが二〇一二年二月で、つまりここです。ただ、場所はあっても開所式のときは中に何もなかったですから。机も何もなくて、段ボールしかないところだったんですけど、そのときに町長が「今そこのガラスの向こうにラジオ局を作る予定でいます。そのラジオ局を全国の人に聴いてほしいから、タブレットに全国で聴ける機能を入れます」って。まだ何もやってないのに（笑）。え、初めて聞きました！みたいな（笑）。

しかも実際の免許がなかなか下りなくて、そのときに「いついつ開局しますと言わないと免許は下りませんよ」と言われて、だったら早く言っといてよ！とか思いました。「じゃあ三月十一日」と言ったんです。そしたら手伝ってくれていたふくしまFMの人から「絶対無理」と言われたの。だって一カ月もないんだもん。

それでも「いい。三月十一日って言う。だめならだめで遅らせてもいいけど、でも三月十一日を目標にする」と言ったんですね。私はその日にこだわりたかったんです。そうしないといつまでも出来ないように思って。

そしたら今度はアンテナを立てるポールがないんですよ。「手配しましょう」と言っていろいろと書類とか書いてくれた業者が仙台の人なんですけど、それでもない。電信柱がないんです。みんな津波で流されて、そこに復旧で運ばれて行ってるから、ない。

ああ……という状況でした。ところが、ここを県の委託で建てたのが会津の業者だったんですね。はい、恒例のたまたまです。その業者が、「建てたばっかりなので出来れば自分たちでそれをやらせてくれないか」と申し出てきてくれたんです。「え！　いいんですか」と聞いたら「いい」と仙台の業者の人は言ってくれたので、「じゃあお願いします」と。

そしたら、新潟からポールを持ってきてくれたんですよ！　ほら、そこに立ってますけど。だからもう、本当にいろんな偶然が重なって、奇跡的に三月十一日に開局出来たんです。あらゆることがうまくいきました、あのときは。本当にものの見事に「あの日」に開局出来たんです。

震災からちょうど一年目だったので、この仮設で慰霊祭みたいなことを、何時くらいから始まったのかな。ああ、二時四十六分に黙祷《もくとう》なので、それが終わって三時くらいから始まりました。キャンドル・ジュンさんが来てくれたんですよ。ここにいっぱいロウソクを並べて作ってくれたんです。そこにまだ残ってるんですけど、富岡町のシンボル〝ろうそく岩〟のキャンドルを。それでジュンさん、いろんな人を連れてきたんですね。オレンジレンジさんとか、塩《しお》谷瞬《やしゅん》さんとか。みんなすっごくいい人だったんですよ。おばちゃんたちといっぱいしゃべってくれて。結局そこからのラジオ開局ではそういう方々といっぱい話が出来て。第一声は町長でした。

ＤＪはＦＭの人と、あと臨時職員で一人経験者を置いておいたので、編集してくれたり流してくれたりしゃべってくれたりとか、そういうことはやってもらったんですね。局をこっちにしてから私はしゃべりませんでしたし、しゃべれるとも思わなかったんだけど、でもあるときにどうしても誰も交替する人がいないということになり、「出来っか？」と言われて、誰もいないんだったらやるしかないよねって。

　もともとビッグパレットにあった機械をそのまま使っていたのでやり方はわかってました。でも一人でやるのは絶対無理なので、町民を連れてきたんです。「お願いだから出て」と言って出てもらったの。それで女性二人でやったんですけど、その人が「私、絶対言いたかったことがあるんだ」と言うんですね。「何？」と言ったら、こっちに避難したばかりの頃、車が故障しちゃったんだって。それでどうしていいかわからなかったときに、郡山の人だと思うんだけれども、車を止めて直してくれたんだって。「すいません」と言ったんだけど、ささっと行っちゃってお礼も言えてないと言うわけですよ。「どこの誰だかわからない。でもこの場でお礼を言いたい。どこどこの何々という通りで立ち往生したのは私で、そこで助けてくれた人がいる。お礼も言えなかった。本当にありがとうございました。聴いてるかどうかわからないけど、だけどお礼を言わせてください」みたいな感じで。それを聞いたときに、え、ラジオってこんなことも出来るんだ！と思って。

　これってもしかして、ただ単に「はーい、みんな元気かな」とかやってるだけのものじゃないんだよねと思ったんですね。その人は終わったあとに「よかった！　私はずっとお礼が言えなくて、いつまでも胸につかえてたんだ。放送を聴いてるかどうかわかんないけど、ここでお礼が言えたのですごくうれしい。ほっとした」って。ああ、ラジオってすごいなあと思いました。

その後、行方不明になっちゃった富岡の人がいたんですよ。ここの仮設の人だったんですけど、帰ってこない。そのときに副町長が来て「ラジオで言ってくれないか」と。へ？と思いながら「服装はこうで、こういう特徴があります。そういう人がいたら富岡町役場のほうに連絡をください」と流したんです。そうしたら、たった二十分で見つかったの。

ビッグパレットが国道四号線に面しているんですけど、その道を歩いてたみたいなんですよね。ここからかなり離れているんですけど、その人は迷っちゃったから「仮設はどこですか？」と聞いたらしいんです。すると、聞かれた人はたぶんそっちの、ビッグパレットの仮設の場所を教えたんだろうって。

この経験にも私はびっくりしちゃって、こんな使い方も出来るんだ！って。とりあえず五キロは電波が飛ぶかなと思うんですけど、その圏内でいろんなことが出来るのがわかって。ただ十キロ以上離れていても聞こえる場所もあれば、五キロ以内でも聞こえない場所があるんですけどね。「自分は浪江《なみえ》町なんだけど、富岡のラジオを聴いてる」という人もいれば、まったく関係のない郡山市民がなぜか聴いてて「『富岡わが町』歌えるよ」という人がいっぱいいたりとか（笑）。

昔ここの仮設に住んでいた人で、本当に落ち込んじゃって、病気というのもあったのかもしれないんですけど、毎日カーテンをシャーッと閉めて真っ暗にして、朝起きると「今日こそ死んでやる。今日こそ死んでやる」というふうに思いながら暮らしていた人がいたんですって。これはあとから聞いた話なんですけど。「俺は今日こそ死んでやるって思って朝起きて、でも今日は暑いからやめとこう、今日は雨が降ってるからやめとこうって思いながら、毎日生活してた。本当に人と会うのが嫌だったし、今日こそ死んでやろうと毎日真剣に思ってた」と。

その人があるとき、ふとラジオをつけたんだそうです。そしたら何か聞こえてきた。誰かしゃべってる。「富岡」って言った。「ん？　何だこのラジオ、富岡って言ったぞ」と思って聴いたら、また富岡って言った。「また富岡って言った」と思って聴いたら、また富岡って言った。「何だこのラジオ！　よし、明日も聴こう」って思ったって（笑）。明日も聴こうと思ったら、明日も生きますもんね。

あと、さっきも言ったオナガワエフエムって有名ですよね。そこの人たちは本当にラジオが大好きで、いろんなところのラジオを聴いてるみたいなんです。で、うちのＦＭもずっと聴いてくれてたらしくて、今でもすごく仲いいんですけど、いろんな感想とかも教えてくれるしすごい助かってるんです。

その人たちが言うには、私たちの放送を聴いた初めの頃から、「おかしい。このラジオ局はおかしいぞ」と感じてたんですって。同じ臨時災害ＦＭで、彼らが被災をして避難をして郡山に開局したのは知ってるけど、女川も同じように被災をしていて放送をしてる。でも、なんでこの番組はこんなに最初から面白いんだろう、一体何があるんだと思ったらしくて、直接こっちに来てくれたんです。しばらくしたら「わかった」と言って帰ろうとするんで、「何がわかったの？」と聞いたらこう言うんです。「うん。ここは面白くしないと人が死ぬ。そういう中で放送してるんだ」って。

確かにね、女川で「沿岸部はどこどこで捜索しています」とか「誰々さんが探しています」とかそういう放送ばかり一年間やっていて、これからどういうふうにして番組を変えていこうかと悩んでいるのに、開局した当初からアハハ、オホホとやっていて一体何なんだ⁉って（笑）。それは偶然、お客さんが集まる前でやっていて笑いが起きたからかもしれないんですけどね。ラジオって普通、離れたところで聴いてるじゃないですか。でも私たちは目の前にいる人たちがラジオ持って聴いている場所で放送を始めたから、反応がもろに返ってきてるというところがあったので。

その当時しゃべってくれてたプロの人は名古屋の人だったり福島市の人だったりして、富岡のことをそれほどわからないでしゃべってくれてるじゃないですか。そうすると目の前のおじさんたちのチェックが入るんです。「違うど！」「それは読み方が違う！」って（笑）。それが私は見ててすごく面白かったんです。要するに敷居の高いラジオ局じゃなくて、誰でも参加出来ちゃうラジオ局だったんだなって。

最初は私だって、こんな小さいラジオ局なのに、東京のＦＭっぽくてすごいなって思われたらいいなって思ってました。かっこよくしたいって。だけど違うって、開局する前のあるときにふと思って。もしそういうかっこいいラジオ局を聴きたいんだったらふくしまＦＭやラジオ福島を聴けばいいし、東京ＦＭとかＦＭ横浜を聴けばいいんだよねって。私たちは私たちにしか出来ない土臭いというか泥臭い、富岡のにおいがぷんぷんした、そういう局じゃないとだめなんだよねって、ふと気がついて。

要するにみんな明日がどうなるかわからないじゃないですか。避難していて現場にいないから沿岸部の復興の様子とか町が変わっていく様子がまったくわからないし、許可をもらわないと家にも帰れないというときだったので、それがいつまで続くかわからない。もしかしたら帰れないかもしれないし、知らない間に自分がもしかしたら途中で亡くなってしまうかもしれない。

そういう、明日が見えないというところで生活する人たちばっかり聴いていたんです。だから何か楽しさを持っていないとやっていけない、ということにたぶん女川の人たちは気づいて帰っていったのかなって。

というようなラジオがここ郡山の仮設に移って、私が常にしゃべるようになったのにも実は反対があって、まわりはプロでこっちは素人だしね。でもそこに入らせてください、と私は強く言ったんです。「自分は富岡の人たちをゲストに招いて、富岡の人たちに向けて富岡の話をしたい。だからどうにかやらせてほしい」と。そしたら「じゃあ土曜日やれば？」と返されて。土曜日ですか……仕事休みなんですけど！と思ったんですけど（笑）。ただ、逆にいろんな人に来てもらえるかなと。

あの頃、町民と話すと「情報がない、情報がない」と言う。いやいや、町は当時週に一回、広報を出してるし、新聞もニュースもテレビもあれこれやってるじゃない？　それでも「情報がない」って。なんでだろうか、おかしいなと思っていろんな人としゃべってたら、要するに富岡に住んでいた頃なら黙ってても入ってくる情報がスパンと入って来なくなっちゃったわけですよね。みんな点々と分かれちゃったから。「誰々さんの娘が結婚したんだって」とか「誰々さん、入院したんだってよ」とか、自分の生活を左右しないどうでもいい情報、役場とかが絶対流さない情報ですよね（笑）。それが自分の耳に入って来なくなったことに孤独感を味わってて、それで「情報がない」と言ってるんだなと気がついたんですよ。それで土曜日のお昼十二時から一時間の生放送をやるようになりました。

　でも私が「どこどこの誰々さんがですね」とは立場的にちょっと言いにくい。だったら富岡の町民を引っ張り込んできて、自分でしゃべらせたらいいんだって思って。最初から富岡で有名な人を出しちゃうと他の人を出しづらいから、「ちょっとそこにいるあなた！」みたいな感じで人を連れてきて。

　そうすると面白いんですよ。打ち合わせもしないんですね。打ち合わせすると私がつまんなくなっちゃうから。でもなんとなく人となりはわかるじゃないですか。いろんな話も他のときにしてるから「あの話、引き出せるといいな」なんて思いながらゲストに呼ぶんですけど、みんなそれ以上の話をしてくれるの。それが面白くて。

　誰にも言えないことがいっぱいあったということでもありますよね。それがここだったら言える。その人には普通かもしれないけど、聴いた者にとっては「え！」っていう。

　例えば、ここに毎日のように来て、あまりによく来るんで「出勤簿作っときますか」みたいなことまで言われてた人が、実はその半年くらい前まで人と会うのが嫌で、実はガンだったらしいんですね。震災のときは抗ガン剤を打ちながら生活してたらしいんです。でも、一度無理やりここに連れてこられて変わっちゃったって。楽しくて。

あと、看板屋さんらしき人に「じゃあ富岡の看板、いっぱい描いたでしょう?」みたいなことを言ったら、東京電力の原子炉建屋《たてや》に描かれていた雲の絵あるじゃないですか、「あれ、俺描いたんだ」って突然言い出して。「あれ爆発したとき、俺はこんな気持ちだったんだ」とか、いろんな話が聞けて。だから面白くて面白くて、やめられなくなっちゃった。

富岡町民は今でもアーカイブを聴けるみたいなんですけどね。富岡アプリというアプリケーションがあるんですね。それは誰でもダウンロード出来るんですけど、パスワードがないと入れないみたいで、一人一人パスワードが割り当てられてるみたいなんです。でも面倒臭くてね(笑)。

あと、すごい後悔してることがあって、小学校三年生か四年生に来てもらったんです。で、二人に学校の様子とかおいしいラーメン屋さんの話とかを聞いてたんですね。「郡山に来てどう? 富岡と比べてどう?」と聞いたときに、二人から「雪が降って楽しい」という答えが返ってきたの。富岡はほとんど雪が降らないんですよ。なのに雪が降って楽しいって聞いた瞬間、頭が大人の感覚になっちゃって「でもさ、お母さん大変だって言ってるでしょ」って私言っちゃった。なんでそのときに「じゃあ雪降ったときにどうやって遊ぶの?」って聞けなかったんだろうって。その子たちが楽しいって言ってるなら、その楽しさを聞いてあげなきゃいけなかったなあ、と今でもずーっと悔やんでいます。懐かしい地名がいっぱい出てきたり、子供の頃の遊びみたいなのを話すラジオだったのに、と。

そういえば、町民にタブレットを配ったことがあるんですけど、そこにラジオのアプリを入れなくちゃいけないと言ってくれた人も、当時は総務課の課長補佐だったんですね。私はその課長補佐が言った言葉が忘れられなくて、会ったときに言うと「俺そんなこと言ってねえ」って返されるんですけど、でも確かに私は聞いていて。「毎日でなくてもいいんだ。ボタンを押すと富岡に繋がるものがひとつあればいい。何かのときにふっと富岡の人たちの声が聞こえたり、懐かしい方言が聞こえたりっていう、そういうものがあるだけでたぶんみんな安心出来るべ」って。その課長補佐のおかげで、遠くに避難した富岡町民がラジオを聴けるようになったんです。沖縄に行った人も、北海道に避難した人も。

　福島県って広いじゃないですか。それで言葉が違うんです。だから声を聞けば地域がわかる。例えば私たち富岡の人間は「コーヒーだっぺ、これ」と言うんですね。いわきに行くと「コーヒーだっぺよ」になるし、相馬というか富岡から北になると「コーヒーだべ」、福島は「コーヒーだべした」、白河《しらかわ》のほうに行くと「コーヒーだない」。ここ郡山は「コーヒーだばい」、なぜか九州弁みたいになるんですけど。で、会津に行くと「コーヒーだなし」。

　全然違うんです。だからスーパーで買い物してても郡山の人は浜の人の言葉はすぐわかるって。だからラジオの中で富岡弁でしゃべり続けるという選択はものすごく大きかった。ＦＭ福島とはまた違うんです。それぞれの役割ってあるじゃないですか。福島全体のことをしゃべるところ。ＮＨＫみたいに全国のことを全国の人に知らせる役割があるところ。私たちは富岡のことを全国に住んでいる富岡町民に知らせればいいという。

だいちょうことばめぐり

朝吹真理子　花代写真

ふとした瞬間よみがえる、親しかったあの人や不思議だった出来事の記憶たちを描く傑作エッセイ。花代による幽玄な写真を多数掲載。

▼一八〇〇円

開高健とオーパ！を歩く〈増補新版〉

菊池治男

三十三年後のアマゾンの思い出。若き同行編集者が目の当たりにした作家とは。さらにその後の回想も追加。生誕九十年記念増補新版。

▼二〇〇〇円

大阪

岸　政彦／柴崎友香

大阪へ来た人、大阪を出た人――かつていた場所と今いる場所が「私」を通して交差する。街と人の呼吸を活写した初共著エッセイ。

▼一七〇〇円

私のエッセイズム
古井由吉エッセイ撰

古井由吉　堀江敏幸監修

古井由吉にとってエッセイは文学の核心だった。生涯にわたる全エッセイから精選したベストアンソロジーを没後一年を期して刊行。

▼三五〇〇円

三十七年ぶりに同窓会で再会し惹かれあ

でもついに本当に閉局しちゃったんです。丸七年？　丸六年？　それだけやって閉じちゃった。そうなるかもしれないってこのあたりでは噂になってたけど、私自身は別に何も言われなかった。読売新聞の記者が走ってきたんですもん。「ケイコさん、知ってる⁉」「何が？」「町で閉局が決まったよ」「ああ」「何か聞かされてた？」「ううん、初めて今知った」「なんで！」「なんでって言われても、私には知られたくなかったんじゃない？」って（笑）。「町民が帰還したんだからもう災害じゃない」ということになったみたいなんですけど、でも富岡にはまだ帰還困難区域があるので十分災害中だと私は思うんですね。だから私はここ郡山から富岡にラジオ局を持って帰りたかった。一回やめちゃうとなかなか作れないから、だから持って帰るまで頑張ると私は言っていたんですけどね。

　確かに原子力災害で背負わされてしまった大きなリスクというか負の遺産みたいなものがあって、たぶんもう忘れてるかもしれないけども、いっぱい放射能が飛び散ったところだよねってことだとか、そういうレッテルというのは持っている人もいるかもしれないですけど、でもそういう事態に私たちはなったかもしれないけれども、そういうことがあったから今があるんだよっていうプラスの遺産として何かを残したかったんです。

　こんな事態になってもみんなやがて元気になって、そして今は富岡に帰って一生懸命復興のために、まあ何かをやるというよりも自分が元気でいることが復興の足しになるんだと思うから、だからマイナスだけじゃなくて、何か初めて出来た新しいものを繋げていく、そんなプラスの遺産として私はラジオ局を持って帰りたかったんですよ。でも叶わなかった。

それで燃えつき症候群みたいになってた時期もありました。ただ……今、とみおかプラスというまちづくり会社が出来てるんですね。私はその理事になっていて、なぜかまた広報担当なんです（笑）。しかも、たまたま今度新しく局長になって来たのが富岡町役場の課長補佐だった人で、彼はずっとラジオに出てくれてた人で。あのとき上に税金を申告するってすごく抵抗があったんだけど、その人がくわしくやり方を教えてくれて、「こんにちは、ササキでーす！エース・ササキって呼んでください！」みたいな調子で、そういう人がいてくれたからみんな親しみやすくて行きやすかったんですよ。「ラジオは今後も絶対あるべきだ」と主張してくれた人なんです。それが今とみおかプラスというところの局長になってやってきた。で、ネットラジオをやろうという話になっていて（笑）。

今どういうやり方で出来るのかなと思って調べてるんです。いつもそうやって誰かがあらわれるんです。

あ、いったんビッグパレットのほうが閉局になるってときのことも思い出しました。集まれとも言ってないのに、何か知らないけど気がついたらラジオをやっていた関係者が全員集まってたんです。ビッグパレットの事務所は十二月まであって、役場機能だったり社協の機能だったりが残ってたんですけれども。あるとき、まわりを見たら……大きいソファがでんと置いてあったんですね、何かいつでも相談とか受けられるように。そこにいつのまにかラジオの人たちが一人残らずいたんですよ。

変なのって思ったそのときです、つかつかとＮＨＫの放送文化研究所のムラカミさんという人が来た。「ＮＨＫのムラカミです」って。電話はもらってたので、私は何か話でも聞きたいのかなと思ってて。そしたら「ラジオ局作るんですって?」と言うから「へ!?」って。「お手伝いしますよ」と言われたんです。なんで誰にも言ってないことを知ってるんだろうと思いました。放送文化研究所にいるくらいだから、ムラカミさんは総務省に行ったり来たりしてたみたいなんですね。そしたら、あの総務省のエンドウさんに呼ばれたんだって。「何?」って言ったら、「富岡、始まるよ」って(笑)。私たち、まだ東北総合通信局から「うん」と言われてないときですよ。

ただ、条件として言われたのは「もう震災から一年経っているので、ちゃんとコミュニティ放送と同じように申請してもらいます」ということで。でも申請書なんて書けないですよね。周波数がいくつとかどういう番組にするとか、自分たちで電波を出したらどうなるとか、全然わかんない。それをムラカミさんは「ＮＨＫアイテックというところが仙台にあるから、そこに頼んだほうがいいよ」とか教えてくれて、頼んだら本当に来てくれて。そのたまたま来てくれた人がまたすごくいい人で、全部やってくれて。もちろんお金は払いましたけど。

私、ラジオの神様っているのかなって。今ではそう思ってるんです。だってすべて思い通りにいったんだもん。うまくいっちゃったんですよ。もちろん私一人では何も出来ないし、いろんな人の助けがあってのことなんですけど、あまりに思いが強いと神様が降りてくるんだなと思うことがいっぱいあって。

それでここに移ってきて、結局もう一度閉局して二年が経ったじゃないですか。それでも私の顔を見ると「ラジオ終わっちゃったんだよな。俺ずっと聴いてたんだ。あれ終わっちゃって本当に寂しいわ」といまだに言ってくれる人がいるんですね。そのかわりメールなんて一通も来ませんでしたけどね（笑）。来てもたまにファックスくらい。何かあれば直接言いにいけばいいやとリスナーが思ってるんです。

　親近感がすごくて、別な場所でしゃべってたら「あれ、この声聴いたことある。あんた、吉田恵子さんかい？」みたいなことも言われたことがあるし。自分が知ってる人が出るとみんな必ず電話してたみたいなんです。メールしたりラインしたり、「聴いたよ」って。こっちにはメール来ないけど、そうやって人が繋がっていたんです。そういうラジオだったんです。

　でね、そうやって声をかけてもらううちに私、震災から三年くらい経って思い出したことがあるんです。社協に入ったばかりの頃、会長だった人が一般の人だったんですね。前は町議会議長とかそういうのをやってた人なんですけど、おじいちゃんで、「ゴンケ」と言われていたんですね。ゴンケというのは一筋縄ではいかない頑固なという意味で。ニュージーランドが好きでよく行ったり、私も連れて行ってもらったことがあるんですけど、社協に入ったばかりの頃にすごくかわいがってもらったんですよ。そのときにその人が「いいか。これからな、もしかしたら大きな地震が来っかもしれねえぞ」と言うんですね。「はあ」って。

「大きな地震が来たら、家が潰れたりするかもしれねえ。いいか、社協はな、先頭に立ってみんなのことを助けるんだぞ」と言うんですよ。私は「はい」って答えます。「まして太平洋に面してるんだ。津波が来っかもしれない。津波が来て家が流される人がいっぱい出るかもしれない。いいか、社協は先頭に立ってその人たちを支援してかなきゃいけない」と言われて、また「はい」って。

「そしてな、原子力発電所があるんだぞ。事故になっかもしれないんだぞ。そしたら町が崩壊するかもしれない。役場の機能がなくなるかもしれない。そうしたときにお前たちの給料はもしかしたら誰も払ってくれないかもしれない。いいか、そのために寄付金は貯めておけ。そのときに使え」

それ、会うたびに言われてたんです、ずっと。明治四十二年くらいに生まれた人だったのでとっくに亡くなってますけどね。実際に言った通りになった。それを私はずっと思い出さなかったんです。でも、震災から三年くらい経ってやっと「あ、そういえば！」って。

私が率先して動いてこれたのは、その人がずっと言ってくれていたことが頭のどこかに残っていて動かしてくれたのかなって。だから喧嘩してまでもやらなくちゃということだったりとか、どうにかして説得しなくちゃということだったりとか、そういう頑張らなきゃいけないことがインプットされてる。あのときに私、洗脳されたんじゃないのかなって（笑）。

その当時はあるわけないって思ってるわけですよ。地震はあるかもしれない。宮城県沖地震が来てるし、何十年かに一回来るって言ってたし。だけど「この前の宮城県沖だってあのくらいだったよね」って。「津波が来るなんて言い伝えが残ってない地域だから、来ないよね」って。でも「はい」とは答えてたんですよね。しょっちゅう言われてたから。

ここのラジオが閉局になるときに記念の冊子を作ったんですね。そのときに「書いて」と言われて書いた文があるんですけど、ラジオって娯楽だと思ってる人が多いんじゃないかと思うんですよ。確かに音楽が流れてきたり、面白いことをしゃべる人たちがいたりとか。でも私、このラジオを始めて気がついたことがあって、つまりラジオってイコール福祉だと思ったんです。

　その地域で人が幸せに暮らせるための情報を発信する。その人が豊かに生活するための情報を伝えていく。皆が楽しくこの地域で過ごせるための情報も発信する。命を守るための放送もする。そのことを考えたら、これは娯楽じゃないと思ったんですね。その人の生活を豊かにするためには、面白いことを言うのも必要だし、楽しさも必要だし、癒しも必要だし、最新のニュースも必要だけれども昔の話も必要だし。でも全部まとめたら「ラジオは福祉です」って。「富岡のあそこの道路は穴が空いてるから気をつけてください」とかね。それでいいと思うんです。「どこどこ付近にイノシシがいたから気をつけてください」「いついつどこどこで富岡の運動会があるので、皆さん見に来てね」という情報だったりとか。みんなはそういうことが聴きたいと思うんです。

　あの昔の社協の会長にずっと言われてたことが私を動かして、そして何年間かラジオに携わったことで、「あなたにとってラジオって何だったの?」と言われたときに、私は「福祉です。幸せになるために、健康でいられるために、豊かに生活をするために、命を守るために、情報を発信するのがラジオだ」と答える自分になりました。

　最初に「ラジオやっぺ?」って言われて、「え?」と言っていた人間が（笑）。

はい、ラジオの神様に導かれてです。

a flower

私は福島ではなくて宮城県気仙沼《けせんぬま》市の生まれなんですけど、それでもいいですか？

ええ、一九八七年生まれで、市の中でも海から離れたところ、岩手県寄りの川沿いの出です。気仙沼自体は海の町なんですけど、ということで私自身はそんなに海と密接ではなくて、どちらかというと山と川の育ちなんです。家族は祖父母と両親と四つ下の妹がいて、六人で暮らしていました。

高校までずっと気仙沼にいて、文芸部だったんですけど、三年生のときに宮城県高等学校文芸作品コンクールというのがあって、私はありがたいことに優秀賞で、小説部門で二番目という賞をいただいて。そのときがちょうど仙台の編集プロダクション、荒蝦夷《あらえみし》が有限会社になるタイミングだったんですね。それまで別冊東北学編集室と言っていたのが、有限会社荒蝦夷になったタイミングで、『仙台学』一号が出たばっかりの頃。それで審査員の先生に「今度二号が出るから、今回賞をとった三人の作品を載せるよ」と言っていただいたのが高校三年生のときでした。

その後、私は介護福祉士を養成する学校に入るために仙台で一人暮らしを始めました。当時福祉が盛り上がっていて、介護福祉士の資格を持っていれば気仙沼に帰っても就職出来るなと思っていたんです。私長女だったので、なんとなくゆくゆくは気仙沼に戻るんだろうなっていう思いがあって。

　家は福祉とはまるで関係ないんです。ただ祖父ちゃん祖母ちゃん子だったんですね。それに気仙沼の就職先は保育とか福祉関係が多かったので、まあ保育よりは、祖父ちゃん祖母ちゃんがいたこともあって高齢者のほうに、と。

　進学して学校に行くとなった三月くらいに荒蝦夷に呼ばれて「うちでバイトしない？」って言われたのが最初で、十八歳くらいから出入りしています。それ以来、お世話になったり、いなくなったり、戻ってきたりしているんですけど。

　仙台にまったく知り合いがいなかったんですね、親戚とか。友だちはいたんですけど、同じような環境で十八歳まで気仙沼にいて仙台で一人暮らしという人が多かったので、仙台の暮らしのことを知っている方がまわりにいなくて。だから荒蝦夷でバイト出来るのは、母も「信用出来る大人がいていいんじゃない？」みたいな感じでした。

　もっと遡ると、小さい頃は公務員になりたいと思っていました。祖父ちゃんが公務員だったんです。市役所の土木課でずっと働いていました。山男だったんですね。で、うちは長女教育がちょっとすごくて、「長女はお婿さんをもらって家を継いで」みたいなのがあったんですよね、二十年くらい前でも。なので「公務員いいな」っていうのが小さいときからの気持ちで。幼稚園の頃はまだお花屋さんとかアイスクリーム屋さんとか可愛い夢だったんですけど。

父も「公務員なら安全だ。安泰だ」みたいにいつも言っていて、つまりけっこう真面目な家でした。しかも父自身、お婿さんだったんですよね。気仙沼大島《おおしま》の漁師の家の五番目。姉二人、兄二人の末っ子だったので、母の家に入って、そんなに強い立場でもなく。

たぶん父がいいお婿さんだったと思うんですよ。だから私もお婿さんをもらって、というのが家の雰囲気でした。家は祖父ちゃんが旧田尻町《たじりちょう》という大崎《おおさき》市のほうで、県北です。それが若い頃に今の家のあたりに来て、もともと祖母ちゃんの実家がその隣で下宿をしていて、そこに暮らした祖父ちゃんが祖母ちゃんと結ばれて家を建てたという感じなんです。そんなに歴史のある家ではないんですが。

ええ、だから形としては祖父ちゃんたちは恋愛結婚ですね。それで、今八十五歳くらいなんですけど、まだまだ両方元気です。

私も小さい頃は「気仙沼で暮らすんだ！」みたいな気持ちがずっとあって、というかそういう刷り込みをされてきて、ずっとそうするつもりだったんですけど、学校が看護学校くらいしかないんです。最近になって福祉の学校も出来たんですけど、やっぱり東京や仙台にたいてい十八歳くらいになると出ていくんです。あと母もずっと家にいた人なので、一回外に出してあげたいなという気持ちがあったみたいで、私は仙台に来ました。結局帰らないで今に至るんですけど。

二〇〇六年くらいから二年間、学校に通いながらアルバイトをして、その後は塩竈《しおがま》の身体障害者療護施設、今は障害者支援施設ですけど、そこに介護福祉士として就職をして、住まいも多賀城《たがじょう》市に変えて、さらに二年住みました。

その後、四つ下の妹が保育の短大に入るので仙台に来て、それなら一緒にと、この編集部にけっこう近い場所で妹と二人暮らしを始めたんです。二十二歳の頃でした。それで、毎日仙台から塩竈まで仙石《せんせき》線で通って。

仕事も慣れてきたし、三年目で正職員試験を受けられるので、同期と一緒に試験の勉強とかをしていたのが二〇一一年の、たぶん一月とか二月くらいです。もうちょっとで春来るし、正職員になれるはずだし、楽しかったですね、そのときは。

妹は短大一年生で春休みでした。なので気仙沼に帰ってたんですね、震災のときは。三日くらい前に気仙沼に帰っていて、ちょうど春休みで、次は二年生になって実習とかも始まるからどうしようみたいな、ちょっと悩める時期ではあったみたいです。

それで、そうですね、あの年の三月十一日になります。私はその日お休みだったんです。前の日が夜勤明けで、三連休があって、次の日は施設の利用者と一緒にお出かけの予定だったんですけど、その三連休の一日目に地震があって。

そのときは家に彼氏がいました。今の旦那さんなんですけど。二人で彼氏の家の八木山《やぎやま》のほうにいて、「今のうちに夕飯の買い物でもしとくか」みたいなことを言って出かける準備をしてたら揺れ始めて。アパートの二階だったんですけど、もう全部がぐらんぐらんって、かき混ぜられるような揺れでした。

八畳くらいの部屋で、彼がすごく音楽が好きなのでＣＤだらけの部屋で、ガシャンガシャンってCDが散らばって、皿もガシャンガシャンガシャンと割れて、テレビが途中でブツッと切れて、いつまで経っても揺れ続けるのでお布団かぶって、ようやくちょっとおさまったかな、外は大丈夫かなと思って外を見たら、郵便屋さんが、郵便屋さんもたぶんどうしていいかわからなかったと思うんですけど、普通に目の前の家にピンポーンと荷物を届けてて、仕事を遂行し続けようとするその姿に意外と大丈夫なのかなって。まだ日常なんじゃないかなって思って。

でも余震がどんどん続いてて、さすがに「この家にいてもやばくない？」って。外も電柱がぐらぐらしてるし、塀とかも崩れ落ちてるし、「とにかくガソリンを一回入れよう」って言って車に乗ってガソリンスタンドに行ったらもう行列でした。それで引き返した。

その前に電話をしたんです、家に。でも繋がらなくて「うわ、だめだ」ってなって、アパートの外のほうに小さい個人商店みたいなところがあって、そこに公衆電話があって、公衆電話にも二、三人並んでたんですよね。順番を待って電話をしたら何回目かで実家に繋がって、「大丈夫？」って聞いたら、母が出たんですけど、母と祖父ちゃん祖母ちゃんと妹は家にいると。「すごい揺れだったね」って言って、「でもとりあえず大丈夫」ってお互いに。祖父ちゃんがちょうど病院から帰ってきてた時間だったので「祖父ちゃんもいるし、大丈夫」と言われて、「よかった。またあとで連絡とろうね」って言って切って。

彼氏の実家も気仙沼なんですけど、そっちにも電話が繋がって、ちょうど彼氏の両親は気仙沼にいなくて、岩手県の一関《いちのせき》のほうにいて「ちょっと今外にいるから、一回帰ってみようと思うけど、またあとで」って、それも無事終わって。

そのうち彼氏の職場も近いから、そちらも介護施設なんですけど、「ちょっとそっちに行ってみるわ」ということになって、私も一緒に行きました。そしたら施設じゅうパニックというかバタバタしていて。電気も繋がってないし。彼氏はそこにとどまるしかなくなって、勤務日ではないんですけど「ちょっと入るから」って言われて。私はガソリンもないから家に帰れないし、バスも当然動いてないので帰れないし、どんどん暗くなって雪まで降ってきて、これはここにいたほうがいいなと思って、彼氏の職場にいさせてもらって。

面会に来てた家族の人たちも何人かいて、その人たちと「どうします?」みたいな感じでいたんですけど、夕方になってメインケアステーションで職員さんがラジオをかけていたんですよね。そしたら「誰々、無事です」みたいなのが流れ始めていて。私が三日後に行くはずだったスーパーで、「男の子が何かの下敷きになって亡くなりました」と言っていて、「ああ、外には出られなくなったな」と思いました。

すると、ラジオはどんどん「塀が崩れて」とか「どこどこで通行止め」とか、あとはメッセージみたいなのが流れ出して、「仙台市のナントカは無事です」とか「どこどこに避難してます」とか。中には私の高校の同級生の名前も「誰々と誰々は無事です」って。「あ、あの子、無事なんだ」っていうか「避難してるんだ」っていうくらいの感じだったんですけど。

携帯電話の電池がみるみるなくなってくる中で、私は何度も実家に電話をしました。「本当に大丈夫なのか?」というのを確認したくて、その時点で父と連絡がとれていなかったので「お父さん、帰ってきた?」というのを何回も確認するんですけど、電池は減っていて、

「うわ」と思っていて。どっちが先だったか、ラジオで「亘理町《わたりちょう》荒浜《あらはま》に二百人の遺体が」というのが流れて、メインケアじゅうがシーンとして、「え？」となって。

　それを聞くまでは、なんとなく私の中の大きな地震って阪神大震災が印象的でしたから、あれが小学生のときだったんですけど、建物が崩れるとか火事とかだったじゃないですか。そんな感じかなって勝手に思ってたので、津波とはまったく思ってなくて。二百人が浜にって言われて「え？」って。みんな想像したんだと思うんですよね。暗闇で灯りがポヨッとしかついていないところに遺体が並んでいて、なにしろこっちは耳だけで情報が入ってきて想像力が豊かになってしまっていました。あとから聞くと、亡くなった方の数は合っていたものの、浜に並んではいなかったという検証もあって、このニュースはむしろ象徴的なものみたいに流れた気がします。

　そんな状態でまた実家に電話をしたら何回目かで母に繋がって、外は暗かったんですけど「大丈夫？」と聞いたら「大丈夫」と。うちの父が心配性で、家の至るところに懐中電灯とか棚にフックをかけたりとかしてた人だったので。ガスの元栓とかも毎日必ずきちっと締めて、「締めた」ってなぜかもう一回開けてもう一回締めて。「え、なんでもう一回開けた？」って（笑）。

　そうやってお父さんが用意してくれてたものがあるから家の中も大丈夫だし、懐中電灯もあるし。あと気仙沼って冷蔵庫がでかいんですよ、魚をもらうので。でかい冷蔵庫が各家にあるので、冷蔵庫の食べ物も十分あるし、「大丈夫だよ」って言われて。ただね、お父さんが帰ってきてないんだと。

父の職場は本当に海の近くの弁天町にあって、海抜がゼロメートル。無線の会社で働いてたんですけど、無線のエンジニア、自動操舵《そうだ》装置っていうらしいんですけど、船用の。あまり人数がいなかった仕事らしいんですね。父は今言った通り、すごく防災とか気にする人だったので、母も「まあ、大丈夫でしょ。無線のものとかを二階に運んでるんじゃない？」って。家が海から離れているので、そんなに海辺の状況がわからなかったんですよね。なので「会社の中に避難してるんじゃない？」って話してたんです。

ただ、鹿折《ししおり》地区っていう、火災があったところなんですけど、共徳丸が上がったところ。

「鹿折地区のほうの空がすっごい赤い、火事が起きてるみたい」と言われて、家から鹿折は遠いので、「そうなんだ。気をつけてね。お父さんが帰ってきたらまた連絡して」って。その時点で母はまったく心配してなくて、「たぶん歩いて帰ってくるんじゃない？」みたいな感じだったんですね。そこで電話が切れて、そこから一週間くらい……「お父さんがまだ帰ってこない」っていう連絡が来るまで連絡がとれませんでした。電話が繋がらなくなったんです。向こうがプープープーって話し中みたいな音になって。たぶん回線が混んでいて繋がらない。切れるわけではなくて、最初から繋がらないんですよね、混み合ってて。

それが一週間。父がどうなったかわからないし、その後、その次の日か、彼氏の職場に給食センターの男の人がすごい青白い顔でふらふらと来て「閖上《ゆりあげ》の祖母ちゃんが流された」と言ったんですよね。そのときにシーンとなって。「え、閖上も……」となって。みんな何も言えず。

でもその頃になるといろんなところで津波があったらしいという話も聞いていて、川も逆流してきたって。家は川沿いだったので「え、うちももしかしたらやばいんじゃない？」って。そのときは父だけじゃなく、家族全員の安否がもうわからなくなってしまってましたから。

　家に連絡がとれた次の日に話を戻すと、私はもうここにいてもどうしようもないなと思いました。ただ彼氏は仕事をしなきゃいけない。障害者さんの施設なのでなんとかしないと死んでしまいますから、彼は仕事をしなきゃいけないんです。で、バスが動いていたので、私はバスで仙台に戻ってきて。みんなお風呂に入ってないし、バスの中ですごく臭いんですよね。でも誰も何も言わずに無言で乗ってて、地獄のようでした。そのまま仙台まで三十分以上かかったのかな。いつも三十分くらいで着くんですけど、たぶん一時間くらいかかって。そしたら町中は電気がついてて、家も電気がついていたんですよね。ただ家の中はぐっちゃぐちゃで。

　そこでテレビを見ました。いろんなものがゴロゴロになった家の中で一人で、テレビつけたら映って「うわあ、つくんだ」って独り言を言って。見たらいろんなものが流れてるし、すごくショックでした。気仙沼が映ってたんですけど、「え、これどこ？」というような感じで、そのときにショックで、とりあえずぼろぼろぼろぼろ涙が出てきて。でも気仙沼に行く手段もないんです。

　とりあえずスーパーに買い物に行こうと思ってスーパーに行ったらすごい行列で、その一番後ろのほうに並んでたら、荒蝦夷の千葉さんから連絡がきて「ちょっと合流しない？」と言ってもらって、みんなと合流したのが震災からたぶん三日後くらいでした。

山形に避難するから「一緒においで」と言ってもらったんです。震災の前に父と荒蝦夷の土《ひじ》方《かた》さんたちと一緒にご飯を食べたとき、「何かあったら土方さんを頼りなさい」ということを父が言っていて、土方さんも「よろしく」みたいなことを冗談混じりで言っていたこともあって、私も一緒に行くことにしました。

職場に連絡をとったら、来なくていいって言われて。人はいっぱいいるし、「お父さん見つかってない、っていうか、家族がまだよくわからないんです」と言ったら「じゃあ来なくていいから」と言われて。実際行けなかったんですよね、車もないし電車も止まってるし、方法がなくて。職場はぎりぎり水が来たけど他のライフラインは止まってるから別のところに避難することになってて、「関連センターに避難するから」と言われて。そっちにはなおのこと行きづらいし、ということで。

それで土方さんたちについて山形へ行って、手伝いをしながら何度も実家に電話をしてみるんですけど、やっぱり繋がらない。かけてもだめ、かけてもだめ。山形は電気が回復してるので、被害状況がいろいろ見えてくるわけですよね。気仙沼の、母が「空が赤い」と言っていた鹿折地区がすごい火事だったりとか。でもどこらへんが父の職場なのかがわからない、テレビの空撮では。

そうやって心配で心配でずっと心臓がハカハカしてたんですけど、みんなと一緒だとちょっとだけ気は紛れたんです。で、何日目の朝かな、一週間後の朝だったかに、実家から電話がかかってきて「今どこ?」と言われて「今土方さんたちと山形にいる」「じゃあ大丈夫だね」と話をして、「お母さんたちは大丈夫？」と聞いたら「お母さんたちは大丈夫」と言われて、「ただ、お父さんがまだ帰ってきてない」って。一週間経っても帰ってきてなかったんです。

父の職場の隣は無事だったんですよね。食品加工会社の工場だったんですけど、そこの屋上に避難した人たちが盛岡のほうにヘリコプターで運ばれたらしい、その中にいるかもしれないってまだその時点では言ってて。ただ、一週間以上経ってるのに帰ってきてないということは、「ちょっとわからないから、覚悟しといて」みたいなことを言われて。もう泣くしか出来なくて。「うん、うん」って言って、それで切ったんですよね。「暖かくしていてね」と言って切って。

隣の部屋で土方さんたちが聞いていて、泣いてるのがわかりました。私の携帯が気仙沼に繋がったので、じゃあ彼氏のほうも繋がるんじゃないかと思って、実は途中で彼氏も山形にちょっとだけ合流してたんです。三日間くらい仕事の休みをもらったというので。それで彼氏が実家に電話してみると繋がって、海の近くだったので家が全壊で流されていて、二番目のお姉ちゃんの小さな娘さんとお姉ちゃんの嫁ぎ先のお母さんが流されたっていう話で、全員何も言わずに号泣しました。

「気仙沼に帰りたい。私、気仙沼に帰る」ってそのときも言ったんですけど、方法がないし、「来ても何も出来ないから来るな」って言われて。確かにそうなんですよね。行ったところで食糧を減らすだけなので。ただ、彼氏が仙台に帰ってまた仕事に復帰するというので「じゃあ私も一緒に帰る」って、土方さんたちより一足先に一緒に帰って、その次の日から私も職場に復帰したんです。
まだその時点で父は見つかってなかったんですけど、朝九時から次の日の朝九時まで夜勤をして。余震でぐらぐらする中、利用者さんたちと一緒の部屋で寝てという、ちょっと日常に戻ろうとする生活というか、仕事を続けてたんですよね。私は化粧してないし、顔色悪いし。ただ、すっごく寝れたんです。防衛本能かわからないですけど、寝てる間だけはちょっと忘れられる、考えないで済む。暇さえあれば寝たいと思いました。

あとは仙台駅に一人でちょっと出てみるんです。すると、意外と皆普通にしてるように見える。駅前は、電気も戻ってるし、もちろん駅の通れないところとか落ちた天井とかはあるんですけど、「あれ？」ってちょっとわけがわからなくなってきて。沿岸がボロボロになったのも、父が死んだのも、夢だったんじゃないかって。

とりあえずじっと時間をつぶす、何も考えないでいるという長い時間があって。ふらふら駅前に行って、やってる店も限られてる中、しばらくいてまたふらふら戻ってくる。そして寝る、みたいな。家にいるとテレビ見ちゃったりするからいやなんです。小説とかも好きだったんですけど、一切読めなくなって、とりあえず休みの日はひたすら寝るか駅に行くという感じの生活を二週間していて。

そしたら母から電話がかかってきました。「お父さん見つかった」と。「遺体だ」と。一週間前に電話をしたあとに、さすがにこれはおかしいとなって遺体安置所で捜し始めたらしいんです。それまでも職場のほうに行ってみたり、市役所に行って掲示板を見てみたりはしてたらしいんですけど、ついに遺体安置所を回り始めた。すると、作業着を着た遺体があった。それで間違いないだろうっていうか、父の死因が胸部圧迫骨折だったので胸がぼろぼろだったんですけど、顔は擦《す》り傷くらいだったのですぐわかったらしくて。ただそれって、「この人かも」っていうのをけっこう綿密な確認をしないと見せてくれないというか会わせてくれないらしいんですね。「これこれこういう人を捜していて」って。「T無線のジャンパーを着てて、背が高くて」というので、この人かもということで見せてもらったらお父さんだったと。母から「明日帰ってくるから」と言われたんです。「遺体安置所から明日戻ってくるから来れる？」と言われて。

　土方さんにもうだめかもという話はしていたので、電話したら「車に乗せてってやる」って言われて、次の日に一関から入ってリアス式のところをうねうねうねうねと行ったら、親戚たちが集まってて、皆やっぱり寒いのでジャンパーをめっちゃ着込んでて。喪服とかじゃないんですよ。けっこうカラフルなジャンパーとかダウンとか着てマフラーをぐるぐる巻いていて、「あんたよく来れたね。大丈夫だった？」となって。

　胸部圧迫ということは波の中で瓦礫《がれき》とかが当たったんだろうと思うんですけど、ほぼ全員が亡くなっている父の会社の人たちが見つかった場所と、父が見つかった場所が違うので、父がどういう動きをしたのかまったくわからないんですね。帰ろうとして別ルートに行ったのか、鹿折のほうに父の姉がいるのでそっちに行こうとしたのか、とにかく人と違うことをしていたらしくて、果たしてどういうルートでどういうふうになったのか。

それと、私は胸は見てないんです。棺に入っていたので顔だけは見えるんですけど、胸のほうは見えなくて。見るか見ないかという話も、祖父ちゃんたちの間で交わされてたっぽいんですよね。だからどうなってるかは母しか見てなくて。妹が十九歳とかで、私は二十三歳だったんですけど、二人とも十分大人なんですけど、でも……だめだと。妹は妹で、仙台にいて状況が何もわからない私とは違って、父が帰ってこない緊迫した気仙沼の二週間というのを体験していて、自分も長靴履いて捜しに行ったりとかしてるので、ちょっと違う思いがあると思うんですけど。ともかく私たちは父の肩から下を見せてはもらえませんでした。父の名前がツトムっていうんですけど、祖父ちゃんが棺の前で「ツトム、声出せ」って言ったのが、今でもすごく耳に残ってます。

震災から二週間でそうやって父が帰ってきて、その日は一日家にいたのかな。ただ臭いが……花……というか粉っぽい。たぶん防腐処理みたいなのをやったんですよね。本式の防腐処理はその時点では出来なかったと思うので、たぶん何かをつけてくれていて、花の粉っぽい臭いはするんですけど、ちょっと泥っぽい臭いとか、ヘドロっぽい臭いとかが混じっていました。重油の、油っぽさがけっこうあって。

ただそのときに気仙沼では土葬が主流というか土葬しか出来なくて、土葬をしてしまうと二、三年掘り起こせないという話を聞いたんですよ。本当かわからないんですけど、そのときは「二、三年掘り起こせないよ」という話を聞いていて。うちの父は一八二センチあったので、「体の大きい人はもっとかかるよ」と言われて「どうする？」となって、さらに二週間後「一関市の千厩町《せんまやちょう》で火葬出来るよ」と言ってもらって、震災から四週間後に火葬しました。

　それまでは葬儀屋さんだったか安置所だったかが預かってくれて。あの、話が前後してしまうんですけど、私は帰った日から何日間かな、土方さんたちは仙台に戻ったんですけど、私はまだ何日かいて。もう家の中がすごいんですよね。心がぐらぐらというか。家は建ってるんですけど、やっぱり父が柱だったんです。それが崩れてしまって。父がいない以外は、電気もついてるし、ガスは遅かったのかな、何かが遅かったんですけど、わりと普通だったんですよね。余震はすごいけど。でも大きなものが失われていました。

　生活は一応あるんです。状況がわからないので、震災のニュースも見ている。「ここ、こんなになってるんだ」「向こうもだめだったんだ」っていう話はするんです。でも、父の話は誰もしない。しちゃいけないというか。どこかで「帰ってくるかな」みたいな気持ちもあって。

　でも、いつまでもそうしてもいられないので、私は一回仙台に戻ることになって、やっぱり仙台に帰るっていう叔父さんに車で送ってもらって、仕事をしました。ただもう父はいないわけで、寝てるときはいいんですけど、朝になってすごくきつくなって。思い出すんですよね、父がいないことを。その後もやっぱり私は頻繁に駅前に出るわけなんですけど、一カ月くらい経つとだいぶ皆身なりが整ってきているというか、駅前に出てくるような人たちは。なので、ますますわからなくなってくるんです。「もしかして震災って夢だったんじゃない？」みたいな気持ちになってきて。

　彼氏は彼氏で実家、というかそれは流されてるんで、一番上のお姉ちゃんの家が避難してたところに行っていて。ただ泊まれもせずというか、アパートにお姉ちゃんと息子が住んでたところにお父さんお母さんも入ったので、そこにでかい男がいる場所がないということで、たぶんそんなに長居はしないで帰ってきてて。時々私のほうに泊まりに来たりしていました。

すごく慰めてもらった気がしますけど、ただそのときの私には何も入ってこないんです。だから具体的に何を言われたかは全然覚えてなくて。そもそも彼氏のほうも姪っ子が行方不明の状態なわけで、確か半年後くらいだったかに見つかるんですけど、とにかくお互い傷だらけな感じで慰め合いながら生活してた記憶があります。

父を送るまでには時間がかかりました。まだ焼けてないわけです。葬儀が終わってない。四月七日くらいにまたでっかい余震があって、その次の日の八日が父の火葬でした。なんとかバスが動いて、気仙沼に帰って、一関まで車で行って父を送ったんですけど。そのとき父とは別にもう一組いて、それが子供だったんですよね。小さい男の子でした。震災でかどうかわからなかったんですけど、たぶんあの時期ですから震災なんだと思います。やりきれない思いがしました。

父の骨を拾ったときに全部あったのは救いでした。私たちは棺に入ってて顔しか見てなかったので、その下がどうなってるかっていうのを……手がなかったとか足がなかったとかいう話を聞いていたので、正直そこまで想像していて、「足がないんじゃないかな？」くらいは想像していたんですけど、全部の骨があったので「よかったね」みたいな感じの話をしたのは覚えてます。それが震災からようやく一カ月後でした。

父がそうなったことが信じられないし、送りたくはありませんでした。母が喪主になったんですけど、送る言葉みたいなのを言わなくて。そうしたくなかったんだろうなと思います。私たちは父の最期がよくわからないんですよね。まわりもみんな亡くなっちゃってるし、一人違うところで発見されてるし。

　言ってしまえば、昼に何食べたとか、そういうのも知りたいんです。ぜんぶ知りたい。どうやって亡くなっていったのかも。だから、いとうさんのあの小説があってよかった。亡くなった人がどうやって命をなくしたか、私たちは誰の教えてくれることであれ、知りたかったんです。それはのちのち東北学院《とうほくがくいん》大学でイベントがあって、作者として来てくださったときにもお伝えしましたが、書いてくれてよかったと思います。

　そういえば、まだそんなことを思っていない頃、つまり父がどこにいるかさえわかっていなかった頃、例の土方さんと山形に避難してたときのことですけど、見かねて「ちょっとスーパー銭湯みたいなところに行ってこいよ」みたいな感じになったんですね。それで私と彼氏と土方さんの奥さんと三人でお風呂に入って、帰りにブーツをボックスから出して履こうとしたら、踵《かかと》に花がごろっと入ってたんです。それをフワッと踏んでしまって。

　ブーツを脱いで見てみると白い花の首から上で、茎もない状態で。そのとき粉塵《ふんじん》とかで町中が茶色かったんですよね。グレーとか茶色とかが多かったんですけど、その中ですごく白くて、ちょっとぞっとする感じの白さで、こわくはなかったんですけど、ただこの花を私はどうしていいかわからなくて、持ち帰るわけにもいかず、「なんか花入ってたんですけど」って土方さんの奥さんに言って、ピッとそのへんに捨てたんですよね。持ってるのもいやだったし。予兆めいてるというか。

　で、「花入ってたんですけど」みたいなことを冗談っぽくまわりに言ったら、「何だ、それ」みたいにごまかしてくれたんですけど、みんな「やばいんじゃない？」みたいな感じで思ってたらしくて。

　そのときはそれで終わったんですけど、父が帰ってきたときに遺体安置所の人が棺の上に置いてくれてた花束、というか花が二、三本あったんですよね。みんなで号泣してる間は私も泣いていたので気づかなかったんですけど、その花を脇によけておいたのを、夜トイレに行って手を洗ってたときに見てたら「これ……あれだ」と思い出して。その時期に安置所に出した花というのを調べてもらったら、トルコキキョウじゃないかっていうんですけど、もっと丸い花でした。それがなんで入っていたのか今でもわからないんです。

　ともかく、そこでお葬式は一応済んだ形にはなりました。普通は三日くらいで終わることを一カ月かけちゃったし、みんなよくわからないままでしたけど。実際海の近くで波が来てるのを見たとか、流されてるのを見たとかそういうことじゃなくて、本当に安全な家の中にいて、父だけがイレギュラーな状態で帰ってきたという感じだったので、非日常がポーンと来たみたいな感じで、わっかんない！っていう感じでした。

　父の話題を出すのが家族内でちょっとタブーではないですけど、出すと誰かが泣くわけですよ。そうなると話をしないという選択肢になって。祖父ちゃんとか祖母ちゃんは年取ってるから気にせず「こんなときにツトムがいてくれてたらな」とか「ツトムはこれ好きだったよな」みたいな話をするわけですけど、母はたぶん一番つらいので、私とか妹はそれを拾わない、母にもしゃべらせないみたいな感じの応酬をして。

そうやってなるべく父の話をしないようにして、明るい話題だけを選んでいたんですが、それもちょっと不自然なんですよね。話さないということは、父が生きてたことすら否定してしまう感じになってしまうんで。ですが、例えば今は時々母も話をするんですけど、当時はまったく……当時というか三、四年くらいしなかったかもしれません。私も基本的には仙台にいたので家の中のことはそこまでくわしくないんですけど、私が帰ったときには少なくともその話はしていませんでした。

そう、父の出てくる夢もあるんですよね。元気な夢とか、実は死んでるけど幽霊みたいな夢とかもやっぱり見ていて。でも、起きたあとに絶望するみたいな繰り返しで。だからなのか、ただただ深く眠るんです。何ひとつ考えないように。

ちょっとでも思い出が明るい兆しに結びつくようになるのは、たぶん私……二〇一三年に彼氏と籍を入れて、一四年に結婚式して、ええそうです、一五年に子供が生まれたんですよね。それも三月十日でした。あれは東北学院大学で一緒にお話をさせていただいた翌年のことです。まだ絶望の中にいたときにお会いして話して、その次の年。いとうさんがそれを知って喜んでくれたことも土方さんから伝わってきました。

もともと三月十四日が予定日で。最初に三月が予定日だと言ったときに、母の様子がなんとなく変わって。「え、三月なの？」「三月って……忙しいよね」みたいな感じではぐらかしてましたけど、やっぱりその日の前後ということに意味を感じるというか。

結局、十日の朝に生まれたんです。名前は湊人《みなと》というんですけど、旦那も気仙沼なので「やっぱり海の名前がいい」って。湊に人という字をつけるかつけないかで悩んだんですけど、「海と人があるほうがいい」って。

あとは書くということでたぶん、当時の私は救われたなと思っています。「みちのく怪談コンテスト」への投稿でした。このプロジェクトは震災前の二〇一〇年からやってて、私も裏方でお手伝いでイベントの受付とかやってたんですけど、それを震災後も続けるぞって土方さんが言い出して、震災から半年後、九月十一日から十二月十一日が応募期間だったんですけど、十二月くらいに形にして出して。

そのときに『白い花弁』っていう、さっきお話しした父のことを書かなきゃいけないだろうと。そこで河童の話とか陸奥《みちのく》の話とかはね。二〇一〇年はそういう遠野《とおの》っぽいのがメインだったんですけど、二〇一一年は明らかに怪談の内容が違ってくるだろうと。私自身もここでちゃんと父に向き合って書こうと思って。

話をすると泣いてしまうのでずっとしゃべれなかったんです、父のことは。ただ書く分には泣いていても書けるので、泣きながら書き、泣きながら書きして、それが賞をいただいてということだったんですけど。そのとき、気持ちみたいなものを形に出来たというか、紙の上で父ともう一度会うということが出来るのが大きな経験でした。

いえ、整理出来たというんじゃないんです。整理出来たとしたら、書き終わってしばらくしてからという感じでした。そのときは作家の黒木あるじさんとずっと親交があって、黒木さんが震災後に百物語の本を出して、その最後の五話で震災の怪談をやっていて、読むと登場人物は幽霊と会って話をしてるんですよね。亡くなった人と会って話してる。これ、ずるくない?!と思ったんです。紙の上でもう一回会ってんじゃん、話をしてるじゃんと。じゃあ私も、と思ったんです。書けば会えるんだと思った。

震災でプツッと断ち切られてしまったんですよ、その先あったはずの未来というか、父とやるはずだったいろんなものが。でも書くことでもう一度その先に行けるんじゃないかみたいなのがありました。

うーん、別の未来というよりはその先です。そのままの未来です。思い出になってしまったもののその先を作るというか。もちろん実際はない未来ですよ。父との先というか。

そこでもう一度会うみたいな。ただ、もう一度会うことがただひとつの目的で、そこから父を生きさせたいというわけではなくて。今の私がもう一度会いに行くという感覚が一番近いかもしれません。

不思議な話の中で会える。どうして父が死んだかわからない、その非日常をポンと出されたのがけっこうきついんだから、それを日常につなげる場を作りたいというような。

そのときはやっぱり書いたあとに……私は父をはじめとして震災で亡くなった人たちの慰霊のつもりで書いてたんですけど、書き終わったら慰められたのは自分のほうだったような気がしました。残された人に慰霊が必要だったんだなって。そこで決して満たされはしないけど、補完されたというか。ぽっかり空いてた場所にちょっとだけ何かをぺたって塗れたかなって思いますね。とても癒しとは言えませんけどね、傷口にただ応急の薬をペタペタ塗ってる感じではありましたけど。

震災から半年後に書いたので、あの話は気持ちとして過去形じゃないんです。なので、父に対する描写は現在進行形になっています。行動自体は過去形で書いてたりするんですけど、今読み返すと、自分は震災後半年にこういう心境だったんだなって思います。まさに進行形だったんだなって。

そこで最優秀賞をもらったので皆さんに読んでもらえることになって、わりと好意的な意見をいただいて。やっぱり震災と幽霊って、その当時は繋げていいものかというのがまだちょっとあって。いろんなところで不謹慎という言葉が使われていたときだったので、これは不謹慎なのかなって。でも私が書く分にはいいんじゃないかなと思って開き直って。震災後半年だったのでちょっと早めではあったんです、遺族がやるには。

私が書けば他の人も書きやすくなるかなとも思っていました。私は……シード権を持ってるみたいな感じです（笑）。やっぱり方々から気を遣われてるのはすごくよくわかって、なので「気を遣わないでください」という感じもありましたし。こういう体験は私だけじゃないから、私を特別憐れまないでもいいですよという気持ちはやっぱりあって。

なので『白い花弁』を最優秀賞に選んでもらって、そこには父のことしか書いてないわけなんですけど、父以外の二万人がそこにいるはずなので、たぶん読む人によって、私の父の話だけで読む人もいるし、その裏の自分の知り合いや家族に投影する人もいるかな、そうだったらいいなと思って。

たぶん一週間くらいで書いてちょこちょこ直して、「出す？　出さない？　出しちゃう？　出さない」っていうので二週間くらいかかりました。書くことより「これでいいのかな？　誰かを傷つけたらやだな」というのがあって。前にシンポジウムでおっしゃっていた「これで東北の人がいやな思いをしたら……」ということを私もずっと考えてました。

当事者は当事者で「あまり悲しんでないんじゃない？」って思われてるかなとか、客観的に書きすぎかなとか、そこにも迷いがあったんです。ええ、非当事者の小説にも悩みがあったように。どちらにせよ、書く方法を持たなかった人、発表する場がなかった人は、誰かが言語化してくれるのを待っていて、それがひとつの形になったのかなって思います。私もいとうさんの小説を、「これ、これ、これ！」と思って読んだし。

死者を置いて先に進んでいくのではなくて、死者と生者が同じ空間で存在することはあってもいいんだっていうのは、救いというか、たぶん家族を亡くした人にとってはようやく許されたみたいな感じだったと思うんです。

子供ももう幼稚園に入っちゃったのでなかなか実家に帰れませんが、気仙沼には老後かなっていう話をしてます。やっぱり好きな町なので、いずれ帰りたいなあと。旦那の実家も高台に新しく家を建てて、家族もそっちにいるし、いずれは帰ります。

海のあたりはもう整備されてます。防潮堤はそんなでもなくて、どっちかっていうと盛り土されて、店舗がどんどん建って。たぶんそうなるのかな、居住エリアを分けて。ただ、ずっとそこに住みたいという人もいるので、まだぽつぽつと家もあるんですけど。暮らしてた人の多くはすでに違うところに行ってしまったんです。

　年をとったら気仙沼に戻ってのんびりしましょうって、今は話しています。

『白い花弁』

須藤文音

　大きく揺れたとき、私は仙台のアパートにいた。気仙沼の実家にすぐに電話をする。

「こっちは平気。お父さんが仕事場にいるけど、たぶん大丈夫よ」

　それきり連絡は途絶え、一週間後にようやく繋がった電話で、父がまだ帰っていないことを知る。

　私に出来ることは何もなかった。ただひたすら、限られた日常をすすめるだけだった。

　知人に連れられ、近くの銭湯に出かけた。涙はお湯に溶けて誤魔化された。

　帰ろうと下駄箱の鍵を外して中からブーツを取り出し、足を入れた瞬間。ふわっ、と足の裏で何かを踏んだ。

白い花弁が一房、靴の中にあった。真っ白な、今切り採られたばかりのような瑞々しさを保って、入り込んでいた。

靴箱に入れた時は確かになかった。しかし、説明はつかず、私が気がつかなかっただけだろうと話して、笑った。

二週間後、木棺に入れられて、父が帰ってきた。

顔の部分だけガラスで縁取られており、肩から下を見ることは出来なかった。水に濡れた顔は青白く、細かい傷がついていたが、大きな怪我はなかったためにすぐに父だと分かる。遺体に触ることは出来なかったけれど、触りたかった。触りたい。ほんの少しでいいから。

棺の中に隠れている、身体があるはずの方向に視線をやり、目を瞠《みは》った。

胸の上に、白い花が添えられていた。靴の中に入っていた、あの白い花と同じものだった。

父を思い出すときあの白い花を思い出す。足の裏で感じた、冷たさと柔らかさを。そのたびに最後まで触れられなかった父の濡れた皮膚を思い、三月のひんやりとした白さと重なり、ああ、崩れたとしても触れておきたかった、と、思う。

A LIFE OF
A LADY

半生？　半生なぁ。

福島の川内《かわうち》村、あそこに昭和十七年に生まれて、わだすは八人兄弟の七番目。上は男が四人、お姉さんが二人、それでわだすと妹の八人。んで兄貴は歯医者が二人なんだ。歯科大に行って。他の一人は薬剤師だし、おらげ（わたしの家）は教育一家だったんだよ。

うちの父親は警視庁に行ってたんだ、東京で。早稲田《わせだ》大学の夜間部を出て、警視庁に勤務していてね。あるとき具合が悪くなって入院したんだけど、その頃ペニシリンというのが出来て、やっと治って。姉の家の叔父様が村長だったから帰ってこって言って。それで父親は帰ってきて、川内村で暮らし始めて、そんで次々出来た子供の一人がわだすなの。

それで父親はな、役所に出てね。子供はもう、みんな学校出ることになってっからね。勉強してさ。ただ長男は医者にならずに小学校の先生になって、最後は校長で退職したんだよ。

うちの姉は薬剤師で、あと一人は村長をやった家に嫁いでったんだから。姉たちは私より十も上でね。わだすは兄貴が東京で二人も歯科大に入ってってから、自分も東京で学校に行くことになったんだ。女子栄養大受験して受かったってこと。女子大に。うちはそういう家だったからな。

例えば次兄は三つも大学出てるんだからな。まず、東邦《とうほう》大学の理学部さ入ったんだ。それで医者になりてえって希望があったんで、医学部に編入したかったのな。そしたら、その時分に九万、入学金が必要だった。

今いくらだっぺ。九万ではお父さんが出せないってことで、そこを断念して東邦大学卒業と同時に、仙台の薬科大学さ編入して卒業。でも卒業間近にやっぱり医者になれなきゃいやだって、自分で日大の歯学部にまた編入して。んだから大学の卒業証書を三つ持ってんだよ。

三番目の兄貴は福島高校から歯科大に行ったんだけども、大学二年生のときに辞めたいって騒いで。お父さんが定年退職の頃だから、金がかかるべって。だから学校辞めたいって言うんだよ。

わだすは、だらば兄貴辞めるなと。わだすは大学さ行かなくてもいいから、だから二人とも行ってくれ、と。

それでわだすは証券会社に就職したんだ。高校出て。大学に受かったけれども行かないで、兄貴の応援するために証券会社に入った。

あのとき、大井証券つうところだったけどな。そこへ勤めたら、東大出の部長っていうのがその事情を聞いて「あなたは素晴らしい人だから秘書になってくれ」って言って。

それで秘書になって、株の為替のいろいろな手紙な。通信販売だな、つまり株の。そういう係になって、年中調査部さ行って、何株欲しいなんて田舎から手紙くるのをさ、買って葉書書いて送ってあげる仕事やってたの。

　そしたらうちの父親が川内村に帰ってこって言うわけ。何だっていったら、わだすの旦那の家は村長やってる家だったんだけども、それが酪農大学卒業して役所に勤務しているから、わだすも結婚して役所に入れってことだった。

　わだすは東京それほど好きでもねかったし、役所に入っかなって。

東京？　面白くねえな、あんなとこ。川内村がいいさ、そりゃ。

ほいで、うちの兄貴の同級生なんてみんな嫁が欲しくてな。兄貴二人が医者やってっから、結婚の話が何回もあったけど、わだすはそういうの嫌いでね。

　ほって田舎に帰って自分の思うようなことやったほうがいいなって思った。だからわだすの結婚条件は、百姓はやらせねえ、何をやってもらってもけっこうだってことで結婚したんだ。

　昭和四十年頃、わだすの家はみんな学校さ行くことになってた。そういう家庭で育ってるんだからな。まわりにだってそういう家はあったけど、まあモデルだわな。そんなにはたくさんはねえ。

　川内村はな、昔から先進的な考えを持ってたんだ。そもそも何が素晴らしいかっていうと、先人が偉くて、明治時代、普通は国有林にされちまうあれだけの山を先人は村有林にしたんだ。

　わだすのお祖父ちゃんの時代だな。川内村っつうのは一万一千町歩《ちょうぶ》という、県内指折りの財産のあるところなの。そのために結局、あの頃は山の恩恵を受けてたわけ。その山の恩恵は何だっていったら、常磐《じょうばん》炭田に今の、ほれ、ハワイアンあんべ？

あれの先祖はみんな炭鉱なんだ。炭鉱掘っててお湯が出て、ハワイアンセンターが出来たんだよ。で、川内村の山には赤松がたくさん自生していて、炭鉱掘るときに支えに使う松の木、あれが役立った。

坑木《こうぼく》っていうの。それを川内村では納めてた。だから昔は無税村だったんだよ。税金払わねえでいい村だったの。村に収入があるから、税金とることないの。

それをわだすはお祖父さんによく聞いてた。おらとこは無税村だったんだって。財産を守って、坑木でじゃんじゃん売れる時代になって、税金もとらない村で、だからみんなが教育熱心だったの。

そのためにな、あんな山の中でも学校に出す奨学金を村の金で出してやる。独自に奨学金作ったんだ。だから大学さ行く人は借りたわけ。お金を借りれば大学生になれちゃうんだ。すごい村なんだよ。奨学金は今も続いてんだから。

ただ、今は山というものの恩恵がなくなっちまった。結局、木が外国から安く入ってきちゃったからさ。そのために無税村ではなくなった。林業がだめになっちゃったんだ。

わだすはといえば、役所さ入ろうってわけだったんだ。俺の旦那も酪農大学を出てきて、川内村を酪農村にしようという夢を持っててな。村のほうでも構想があったわけ。そして結局、村では、五百町歩の山を開拓パイロット事業の牧草地にしたんだ。

俺の旦那は北海道の酪農大学を出てから川内村役場で指導者として勤務してた。それまで村の酪農はなんぼかあったけれども、そんなに大々的ではなかった。んだ、それを大きくして。そういう予定だったんだ。

本当は酪農っつったら、北海道みたいなああいう大耕地があるところでなければだめなんだが、やっぱり構想としては村の山でやるってことで始まったんだ。

始まったんだけれども、一方うちのほうはと言うと、お義父《とう》さんは現代的な考えだもんから。その頃、自動車が浸透してきたときでさ、川内村にも自動車がないとこれからはやってけないと。そんでうちのほうに自動車会社作ったの。そんでわだすがそこの社長になったんだ。結局役場に入らねえで。

自動車会社を設立したから。わだすはそこの社長に二十七歳でなったんだよ。まあ今は俺の旦那が社長だけど、それまで旦那が役所に出てる間は、ずっとわだすが社長だったんだ。五十年やったんだ、わだす、社長。

車は十台ぐれえあった。そこからだんだん増やして、三千台くらい売ったかな。

自動車整備工場だ。もとは十台くれえしかない時代から始まって。みんな軽トラック乗る時代だったから、わだすは軽トラックをみんなに奨励して乗らせて、これからは自動車の時代だ、自動車に乗りなさい、って。

そうやって自動車売ってたんだ。最初はうまくいかなかったけど、結局は自動車がなくてはいられねえわけだ、こんな不便なところには車が必要なんだ。だからわだすはいくらでも売ったよ。

マイペースだから、自分でやりてえことだけやるんだ。そうだっぺ。俺の旦那はちゃんと役所で金とってるんだからさ、わだすはわだすで自分の会社の社長やって。これは面白い人生だっぺ。東京で歯医者になってるよりよかったよ。

事業に関係のある商工会でも活動してたわけ。でもわだすは社長だから、自由なんだ。世界中チャンスがあればいつでも出かけられたわけ。

一番最初に行ったのが、商工事情視察でサンフランシスコとロス。あそこに行ったのは二十七、八のときだな。あの頃の商工会の指導員は遺言状を書いて行くって時代だ。あはは。んだよ。一ドル三百六十円のとき。

そういう視察のチャンスはいろいろあって、とうとう旦那に役場辞めてもらって一緒に参加した。わだすが忙しすぎっからよ、会社が。もう牛なんてやってる場合じゃないから辞めろって旦那を退職させて、そのかわり村会議員にしたわけ。あははは。

酪農は多少残ってたんだが、その頃ちょうどな、東京電力が富岡に出来た。すると川内の人も百姓のなりわいを小さくして、月給取りに変わっていったんだ。

うん、原発。みんなはそこで働いて、現金収入もらう。んだ。日曜百姓になったわけ。日曜だけ百姓やって、あとは現金とってくる。出稼ぎさ行ってた人も行かなくなって、月に三十万も給料とる人になった。川内だって、東電の恩恵を受けてたんだよ。

ほんでわだすはみんなにじゃんじゃん自動車売って、そんでいい生活出来るようにしてた。最初に車売り出した時代からあまり経ってねえけどな。十年くらいだな。

そうすっと、川内村も兼業農家に変わっていくわけ。乗用車乗って会社行って、金をとってきて、あと日曜百姓で野菜を作って、そういうふうに変わってきた。豊かだよ。そういう恩恵を受けちゃったわけ。それで、わだすらは先端を生きたわけ。自動車産業でな。

その間にわだすは県のほうの役員やったり何だりもしてるから、県のほうからお誘いがくれば、大学の教授だの年がら年中付き合ってるからね。そういうところでお誘いがあっていろいろなところに、世界中を歩けた。

福島大学の教授なんかはやっぱり自分の勉強するために、自分でほれ、向こうに、何だ、一時留学したんだ。大学の先生だったのが向こうに、フランスに行って二年間やって、一時留学して。そうすっとわだすに連絡をよこすんだ。「いや、こっちは素晴らしいから一緒に見てみろ」って。で、わだすはすぐ行く。どこでも一緒に歩く。

他の人はわからないけど、わだすはそういうチャンスがあったためにいろいろなところに行った。行ってきたってことになれば、やっぱりね、頭も切り替えになるからね。んで、やっぱりいろいろなアイデアも出るし、だから自分で商品を開発したりしたんだよ。

このお蕎麦《そば》ね。これもそうなんだ。そもそも『蕎麦の里づくり』っていうのをやったんだ。自動車の仕事やりながらだよ。ちょうど今から二十五年前だ。んだな。一九九五年か。『蕎麦の里づくり』を始めたのは、減反政策になったからだ。米作るなって言われた。川内村の土地ね、みんな百姓やるやるって開墾したんだが、結局、国では減反政策をやったわけ。
　村長は義兄だから、減反への対策には、蕎麦は確かに会津《あいづ》のほうが有名だけど、川内でもこれだけの山と耕地を持ってるんだから蕎麦を作るようにしたらいいでねえかってわだすが言って。

「誰がやんだ」って言うから「俺がやる」って。ほんでグループを結成して、川内村の山五町歩を借りて、そこの五町歩に花を咲かせて、ほんで蕎麦をみんなで勉強しながらこの『蕎麦の里づくり』をやったわけ。商工会っていうのは事業をやりながら出来るわけだから、そうやって『蕎麦の里づくり』に本気になってた。そのうちだんだん『蕎麦の里づくり』が定着してきて、減反のところに蕎麦を蒔《ま》くようになって。

んだな。県と国の言うことに、ある種乗ったわけだ。減反したんだから。だけども〝川内村は蕎麦の里〟なんて急に言ったって、最初は通用しねえ。だからイベントを年中やったんだ。蕎麦祭りやら何やら。

　新蕎麦の季節とかに蕎麦をたくさんふるまって。それから花祭りって、花がきれいに咲いたら祭りをやる。九月頃だね。蕎麦の白い花が畑一面にふわぁっと咲く頃に。きれいなんだよ。うん。そうやってだんだん『蕎麦の里づくり』を浸透させてったんだ。お土産も作ってな。浜通りに蕎麦あり、とみんなで頑張って。

　それからね、川内の『いわなの郷《さと》』、それから温泉、その二つを作ったわけ。イワナはもともといるんだけど、結局は自然に鵜《う》だの何だのに獲られてしまうので養殖場を作ったのが、

『いわなの郷』だ。

ただ、川内は木戸《きど》川の最上流だから、水はきれいだ。清流だよ。イワナは清流にしか棲まないから。

ところが、昔は家庭の排水も何もみんな川にぶん投げてるわけ。風呂の水だってみんな投げてたよ。そんでは川内村は清流を語ってられない。だから下水に浄化槽を導入して、『いわなの郷』で養殖もしながらイメージ作りしてったわけ。

んだ。それも集落排水といって、川内村で一番人口の多いところの下水処理を全部浄化槽に変えちゃったんだよ。今から二十年前くらいだな。早いんだ、川内村の環境対策は。『いわなの郷』のためにそれが必要だったんだからね。県のほうでも先の知事が言うこと聞いてやってくれたんだ。

一九九五年に蕎麦の里が出来て、人口三千、四千くれえの村の、人家の多い中心部は全部浄化槽になった。だから水洗便所だ、当時から。大した村なんだよ。

村長が義兄で、わだすの旦那は議長だし商工会長だったのよ。だから、毎日毎日そうやって作戦練って、こういうふうにしろ、ああいうふうにしろってわだすも言ってさ。

うん。だから川内村はイワナを前面に出せば、そういう浄化槽も出来る。温泉も会津まで行かなくたって川内村で入れればいいなと、掘ったんだよ。

俺が村長に言ってるわけだ、「温泉掘らねえとだめだ」って。「そんな馬鹿みてえな」つってるから、「馬鹿みてえなことやんねえと」って。そうしてるうちに飛行機で上空から探索出来る方法がわかったの。ほんで調べてもらったら、川内に二カ所出来るって。そんで山では人が来なくてだめだから、役場の目の前さ造った。

温泉掘削《くつさく》、それから温泉施設を八億八千万円で完成させたんだよ。東電のな、核燃税の戻しを川内村にも使えって言って、五億の補助を受けて。

んだな。前はな、さっき言ったように森林王国で、ここいらにはすごい財産があった。だけども坑木も売れなくなったっぺ。おおもとの常磐炭田だってパーになって、みんなして廃業になっちゃったわけ。だけど常磐炭田では温泉が出たのを利用してハワイアンセンターでフラダンスを作ったんだから。このへんはみんなそうなんだ。

そういう中でわだすは自由な社長だから、もうどこでも自由なの。だからわだすの人生、面白い人生。なんでも作る。自由なの。今話してる郡山のここだって。日大の学生が調査して永久保存したい建物だということで、わだすはこれをな、解体しないで原状で直した。総二階の古民家だよ。

おらの息子が近くで歯医者やってるから。もとは大熊でやってたんだけどほれ、震災で避難しないといけなくなっちゃったから、こっちで開業してるわけ。

これも財産なわけだ、うちの。やっぱりなんでも面白くする。発展家なんだよ。

何？　ああ、前に見せた蕎麦畑の話な。川内の家から車で三十分の村有地。『蕎麦の里づくり』始めたときに、ずっと向こうの、車が一台通れるくれえの細い道の先の平地な。

そもそも村で酪農を奨励してたっぺ。五百町歩の酪農地の一部だけども、どうしても採算が合わねえから、牧場を経営してた人が亡くなっちゃった。

もともと北海道の大耕地面積でやるものを、村全体の五百町歩でやったんだ。畑としては広いんだよ。面積はでっけえんだ。構想はよかった。けど規模が違った。酪農では食ってけない。採算がとれないんだよ。そのために酪農の計画は萎《しぼ》んでいったわけ。

ほいで山荒れ放題になったから、そこを「そばグループ夢工房」が借りたわけ。みんなで木を切って、耕して蕎麦畑に作り上げたんだよ。仲間を募ってグループを作ってな。夢工房っていう名前つけて。夫婦者が七組、十四人。それを結成して、みんなで蕎麦をやろうとしたんだ。最初は蕎麦じゃ食っていけねえから、みんなそれぞれに土建業に出て行ったりとか、役場の消防士だったり、郵便局員だったり、そういう仕事は持ったままで。そういう人を集めてわだすはグループを作ったわけ。

だから蕎麦畑を耕すのは土日が多かったな。どうしてものときは休みを取ってやったんだけども。五町歩。五ヘクタール。それを十四人で、二年かけて耕し直したんだ。

川内村でも蕎麦が出来るってことを証明するために、きれいな花を咲かせてさっき言ったように祭りをやってな。花を咲かせなければ誰も信用しねえから。それでどんどんイメージ作ってよ。

んだんだ。食べたらうまかったっぺ。いちから耕して広大な蕎麦畑を作って、そこであの蕎麦と韃靼《だったん》蕎麦って言ってよ、ルチン？　あれが何倍も入ってる蕎麦も作ってな。一方通行の先の、隠れ里みたいなでっかい畑でよ。

あそこは前に見せたっぺ。除染した土を廃棄するフレコンバッグがずらっと何千個あるんだか、あれの置き場になっちまったんだ。全部緑色のバッグで、上空からは草地に見えるようになってる。原発事故のあと、二年だけ貸してくれって言うんで仕方ねえ、貸したんだ。蕎麦作りを一時やめて。

だけど、九年経とうって今もそのまま置いてあるっぺよ。一方通行の、他の車なんて入ってこねえところにどんどん運び入れて。一番ちゃんと整備した場所だもの。置きやすかったっぺ。あははは。

あそこにずらっと並んだフレコンバッグ、もしどっかへ持っていったって、放射能は残ってるからな。もうあそこじゃ蕎麦は作れねえべ。だから俺はがっかりしてるんだ。

事故になった原発を廃炉するのに四十年もかかるわけだっぺ。溜まった水を処理するだけだって出来ねえわけだ。本当に困ったもんだと思うよ。

まあうちは田んぼが他にもあっから、そこでも作るけどよ。みんなで開墾したあの平地はもう使いもんにならねえ。

んだな。旦那は去年までは七町歩作ってたんだ。あの蕎麦の畑より広いとこで今もやってるよ。韃靼蕎麦も普通の蕎麦も両方作ってる。

あの韃靼っていうのは、北海道の酪農大の友だちが、北海道でこういう蕎麦があるよって教えてくれてな。ルチンがええっと、百二十倍なの。テレビでも年中やってっぺ。そういうすごいものがあるって聞いたから作ることにしてよ。あれは中国の雲南省で穫れるんだ。向こうじゃそれを団子にしたり何だりして食べて、長寿村っていって百歳まで生きてる韃靼村ってのがあるわけ。そういうところの種を友だちからもらってきて、俺の旦那が増やしたんだ。そしたら名物になっちゃった。他にはねえんだから。川内村は山だから合ってるんだ。高冷地だから。

んだ。今は俺も村会議員やってんだ。俺の旦那が八期もやってて、議長もやってたんだけど、辞めろ辞めろって辞めさせたんだ。わだすがやる暇ねえべって。ほって、ようやく四年前選挙に出て二期目トップ当選だ。あはは。

今はやっぱりどうしても、金をかけてでっかいものを作るだけになっちまうな。わだすみたいに自由なのがいねえと、新しいアイデアはわかねえべ。

そんでよ、わだすは今、一人でも多くみなさんを川内村に呼び寄せるために、自宅の隣に茶室を設けてな。名誉村民の草野《くさの》心平《しんぺい》にちなんだ場所でお迎えしてるんだ。

心平はおらが家に泊まっただもん。もともと草野心平がなんで川内村に来たかっつうと、ほれ、蛙の詩人だべ。ほいで村に大変に立派なお坊さんがいて、こっちにはいい沼があって、そこでモリアオガエルっていう珍しいカエルがいっからおいでって言ったわけ。

手紙何度も出してるうち、心平が行ってみようってことになった。俺の旦那のお祖父さんがそんときの村長で、川内村には自動車がなかったんで消防自動車で駅まで迎えに行ったわけ。『心平日記』ってあっぺよ。そこに書いてあるよ。消防自動車が面白いって。ほって、川内村はどぶろくも産地だから、それを飲んで一晩話をして、それからカエルがいるところに行きたいと。それでおらたちの家に泊めて、そして連れてったわけ。それを詩に書いてるのがあんだよ。うん、心平が泊まって書いた。

　わだすの近くの人で心平の信者がいるんだ。これくらいの葉書一枚の、「海山天」って書いたやつを高く買ったんだって。「わだすの家にも大きな掛軸があるよ」って言ったら「あるわけねえべ」って言うから、「だって、あんだから」って言ったんだ。うちのはでかいの。ちゃんと「海山天」って書いてある。見せたっけが、びっくりしてたよ。おらげさ泊まって書いてるんだって。

「うまわるや森の蛙は阿武隈《あぶくま》の平伏《へぶす》の沼べ水楢《みずなら》のかげ」。心平の歌だ。川内村の平伏沼にはこれの歌碑があるんだよ。俺のお祖父様が建てたんだ。

　心平はいわきの生まれでな、カエルの縁で毎年川内村を訪れていたんで、村で木炭を百俵送ったら、心平先生が持ってる本を寄贈してくれてさ。村では天山《てんざん》文庫ってのを作ったんだ。そのずっとあとだよ、文化勲章もらうことになったのは。ただの人ではねくなったわけ。それで川内村はますます有名になったんだ。

　川内村は先取の気性があんだな。いまだに国有林でなく村有林が多い村なんだよ。ちゃんと登記した森林を持ってるんだ。安い木材輸入ですっかり価値は下がっちまったけど。

けど、残念ながら宝の山は放射能で大被害を受けちまった。除染したって落ちねえものな。だから今、マツタケだってシメジだって山いっぱい出来るのに、出たの食べられない。だから補償しろって今騒いでるんだ。

原発なんてもの使って、みんな電気な、利用しちゃってっけども、いつまでもそういうわけにもいかない。大変なことが起きてるわけ。だっぺ？

日本に五十いくつかの原発があるわけだよ。中国にだってたくさんあるよ。どこ爆発すっかわからない。世の中、電気なくてはいられなくされちゃったっぺよ。昔みたいに炭焼いてやった時代と違うわけだ。どうにもなんねえ。

人類は破滅するとこなんだ、今。温暖化でさ、ちょっとすれば雨がびっくりするほど降るわけだっぺ。ほんでみんなこわがってるわけだ。命がけだっぺ。それが世界中だっぺ。もう戻せない。人類がそうなっちゃったの。

うちの蕎麦畑のフレコンバッグ、ようやく運び出すって話もあるけどな。事故の原発のまわりさ持ってくんだ。燃えるものは燃して、残った廃棄物だけは他の市町村に持ってく約束になってるが、どこだって言うこと聞かねえべ。

結局あのあたりさ、また置くんだ。廃棄しようがねえんだよ。ほって今度、放射性物質を含んだ処理水の扱いに困ってさ、水蒸気に蒸発させて、残りを海に流すっつってるわけ。ほって、この辺の魚を食わねばならんとか言ってわだすは心配しているんだ。それほどすごいものが電気だよ。事故になると、四十年もかからなきゃ、処理出来ないっつうべ。

キュリー夫人が、おら小さいときな、漫画さ書いてあったけども、原子力は使ってもらいたくないって言ってんだからな。それをあの人は発明しちゃってんだから。

困っちゃったっぺよ。夢工房は今だってやってはいるけども、しょうねえな。わだすだって、出来る範囲で一生懸命やってるんだよ。

　福島が一番最初にバーンとなっちまった。わだすはいわき市でも蕎麦やってたから見たんだけど、いわき市の小名浜《おなはま》港にすごいバッテリーが船でじゃがすか来たんだよ。ありゃ何だっていったら、原発動かすのに電源切れちゃったからバッテリーを利用しなければなんなかった。だけど、それでもだめだったんだ。

　どこだって、いつ爆発するかわからない。みんなそういうものを使ってるっつうことだよ。それ全部東京さ送ってる電気だっていうんだからな。ははは。んだ。なあ。人のこと言ってられねえっぺ。

　これがわだすらの話だよ。

a farmer

九年前、私は福島県二本松《にほんまつ》市というところで有機農業をしておりました。二〇一〇年の四月に就農して、一年で震災で。

その前は東京の大学に行ってました。私は体育大学ですね。

もともと体を動かすことが好きだったので体育とかスポーツの道に進みたいというのはあったんですけど、大学時代にいろんな社会人の人とお会いする機会が増えて、自分が独立して何か起業するなり、好きなことを強みにしたことをやっていきたいと思ったときに、軸となるものがひとつ必要だなと思って。

もともと実家が農業をやっていたということもあって、農業の可能性、夢を広げられるような職業になったらということもあったので、自分は農業の道をきわめていきたいなと思ったんです。

なので、体育大学は出たんですけれども、まずは現場で学ぶというところから実家の農業の基盤のあるところに戻るという選択をしました。

大学は面白いところで、キャリアセンター、就職課があったんですけど、就職のための就職活動というよりは、生き方とか、この世の中にいろんな仕事があって、雇われるだけじゃない、自分で仕事を作り出すんだという方々にお会いしたんですね。

自分自身も大学のときから起業とか、何かゼロからイチを生み出すということに興味があったので、そういったチャレンジの場を大学の就職課の方々がサポートしてくれて。

はい、日本女子体育大学です。オープンな感じの大学で。そういう大人と付き合ってたほうが楽しいなっていう学生時代を送っていた、というのが大きいですね。

実家は福島県二本松で、長く代々農業をやっています。米と野菜と、冬は餅加工とか。餅をついてパック詰めして。いわゆる六次産業化と言われるんですけど、あと私が小さい頃は養蚕もやってました。

大学に入る時は自分が家に戻るというつもりで出ていったわけじゃないです。でも外から見たというか、一回外に出てみて、自分の地域を若い人が盛り上げていくとか、やっぱり地域の基盤は農業だということを実感したので、自分がその現場でまずは土地を耕して種を蒔いて育てるという経験が大事じゃないかなと思って。一般企業の農業系の方向性も何度か考えてはいたんですけど。

それで農業を始めて一年経って、三月くらいはちょうど次の種蒔きの時期でした。そこにあの震災が来ました。ちょうど冬野菜が終わって、夏野菜に向ける種を蒔く時期だったんです。米もそうですし。

つまり一年のサイクルを経験したばかりという時期でした。

二本松は原発から約五十キロ地点だったんですけども、原発事故が起きて、放射能というのはどういうものなのか、自分たちの体もそうですし、農産物がどういう影響を受けるのかというところは、私自身もやっぱり知識不足だったんです。ただ親は大地が汚染されるということをすぐ言っていたので、まずは土が問題でしたね。

ハウスがうちは七棟ありまして、ハウスのビニールを冬場は一回取り払っちゃうんですけども、放射能の飛散の影響もあるので、ビニールをもう一度かける作業をしました。あとは屋内待機というか外に出るなという状況だったので、とはいっても毎日野菜には水やりしたりとか毎日やることはあって、そういった畑との行き来というのはずっとやっていたんですけどね。

そういう、ニュースとか報道的にどういう状況なのかというところが判断出来ない中で、私が住んでいる二本松市というところに浜通りの浪江町の人たちが避難してきました。

原発が爆発したということもあって、着の身着のまま何も持たない状況で逃げてきた人たちのために自分たちは何が出来るかというところで、物資を少し持っていったりとか、皆さんお風呂が入れない状況だったので自宅のお風呂に何人か家族を呼んで入ってもらったりとか。

自分よりもそういったまわりのことが先でしたね。

私どもの地域的にはＪＡとの絡みはそんなに多くなくて。地域にＮＰＯがあって。二本松の東和《とうわ》地区というところは有機農業が盛んなんですね。地域をよくしていくための農業に特化したＮＰＯがあるので、そういった、私の親世代の方々が今後の対応をどうするかとか、農業をどうしていくかという話し合いが定期的にもたれていて。

そうですね。やっぱり有機農業は特に土作りが命ということもあって、まわりの農家さんも震災を機にやめることを考えたりとか、あとは、今までは自分の生きがいとか自分の孫のために頑張ってきたおじいちゃんおばあちゃんも、「孫には福島のお米や野菜は食べさせたくない」と若い夫婦に言われちゃうと、「じゃあ、今年は作らないことにするか」という気持ちになってしまって、生きがいまでも奪われてしまうような出来事がやっぱりありました。

そんな中で、まずは私がというよりは地域の方々の力が大きくあって、皆さんが常に前向きでした。ただ「安心安全ですよ」と言うよりは、データとして、数値として実態をちゃんと消費者の方に伝えられるように、まずは土や水や農産物の調査ですよね。結局作ったものが食べられるのか、売れるのかというところは、私自身もわからないまま作り続けるという不安を持ちながらやってきたので、そのためには線量をしっかり測っていくことが重要だということで、大学の先生方を地域に呼んで、常に地域の現場に、畑とかそういった水のあるところに来てもらって調査してもらおうと。

それを研究のための研究じゃなくて、地域と農家と連携しあって消費者に伝えていくことをみんなでやっていくのが大事だと。最初はとりあえずここで生きるためには、まずは知ることを一番にしてきたというのがあります。

最初は少なからず放射能の数字がそこそこ出てましたし、農産物の国の基準値は100ベクレルなんですけど、当初はその五倍の500ベクレルという数値で、つまり国はゆるい基準値を提示していたので、そこの幅を考えると国の基準に従ったからといって果たしてお客さんに受け入れられるか。汚染されたのは事実ですし、少なからず野菜によってもセシウムを吸収しやすい作物もあるので、そこは作ってみないとわかりませんでした。汚染の状況も農家ごとにそれぞれ違いますし。

ただ、きのこ類はまったくだめになったので、きのこ農家さんは廃業して違う作物に切り替えたりしましたし、果樹農家さんは樹の皮を剝ぎ取って高圧洗浄機で一本一本洗いました。そうしないと、除染しないで作物を作っちゃいけませんという指示も出ていたので。いつも通りの方法からひと手間ふた手間かけて、そういった除染なり対応に追われるということで、福島の農家さんはいろんな手段で、それでも作り続けるという気持ちを持ちながらやっていたと思います。

実際木に生っているもの、例えば果樹、林檎とか柿とか栗というのは、根っこから吸収されていくので数値が出やすいというのが事実あったんです。一年目は作っても廃棄していたところもありました。でもそういった廃棄する林檎を今度はワインのシードルにしようという動きもあって、アルコールだとセシウムが出なくなるのでお酒造りに転換していった動きもあったりとか。ある意味でピンチをどうチャンスに変えて、これからもどう持続的にやるかというふうにみんな前向きに考えていたということで、私自身も影響を受けたところがありますね。

私のところの農地だと、表面の土を反転耕といってひっくり返して土の中に埋め込むというような作業を実際に試験的にやって、どのくらい線量が下がるかという実験をしながら続けましたし、あとゼオライトという粘土鉱物なんですけども、それを入れることによってセシウムの濃度が下がるということで、そういったカリ肥料を散布するという作業もありました。

あとは試験的に向日葵《ひまわり》を植えるといいというのもあったので、そのときはみんなふさぎ込んでいる状況で、そもそも福島県民は外になかなか自由に出れる状況ではなかったりとか、いつまでこういった状況が続くんだろうみたいな、気持ち的にも下がっている中で、この機会にみんなに農場に集まってもらって向日葵の種を植えるというイベントを開催して……。

はい、私たちがやりました。そこで県内から三十人くらい集まって、一緒にみんなで向日葵を植えたりとか。そういうきっかけがないと、福島のこれからはどうなるんだろうという状況になっていたんです。

ええ。もうこの場所ではだめじゃないかと言われることは正直、それはずっと、三年、いや五年くらいずっとありました。違う場所でやればいいんじゃないのかというふうに言われましたし、特に若い女性だからとそこが強調されて、あれだけひどい原発事故があって汚染された場所でわざわざやる必要があるのかというような問いは、国内でも海外に行ったときももちろんあって。

ええ、海外はつまり農家として行ったんです。インドですね。インドで原発反対運動をしている人たちの集会とかにも参加させていただいて。やっぱり反対している人たちは原発が恐ろしいという情報を知りたいわけなんですけど、それでもなぜそこで農業をやっているのかというところがちゃんと伝えきれないと、日本はあれだけの事故があっても原発安全なんだととらえられてしまうという危険性も見方によってはあったので、そういった事実をどういうふうに伝えられるかと自分自身もすごく悩んだりとか、このまま福島の農業のことを伝えていっていいのかなというところの迷いも同時にありながらやってましたね。

まずやっぱり実態の調査をしてきたということから話しました。水も、山の汚染や作った農産物もすべて検査しているということ。あとは自分自身の体も、ホールボディカウンターだったりとか内部被曝を知る検査も定期的記録をデータとして残していくことの重要性ですね。少なくとも調べないよりは、はっきりわかっていたほうがいい。

ただ、私も原発事故直後にいったん、この場所にずっといていいかわからなくなって、東京と新潟の佐渡に行った時期があります。行ったけどなぜ戻ってきたのかといえば、やっぱり現場にしか答えがないなと思ったからで、報道とか「外から応援する」という方々はいっぱいいらっしゃいましたが、まず現場を見ていないと今何が起きて今どんなことに困っているのか、どんな状況なのかって、そこに答えがあると思いますし、私自身が放射能と向き合うということが二年三年で解決するようなことじゃないなとそのとき思ったので、五十年先かもしれないけど、それと向き合っていく、ある意味で覚悟みたいなものが自分自身に生まれて。

だからこそ簡単に農地から離れるということが自分自身も出来なかったし、そういったお誘いといいますか、他のところに行ってやってもいいんじゃないと言われても、自分自身が福島にいてこの実態と向き合いたいというのが強かったと思います。

出荷はもう一年目から出来てます。一番最初に出荷したのは夏野菜で、トマトとかミニトマトとかナスとか、そういった野菜を出しましたね。

最初は正直、作っても食べられるのか売れるのかわからない中で種を蒔いて育てましたから、非常にすっきりしないといいますか、私たちは誰かに届けられる、その先に笑顔があるから頑張ろうと思うんですけども、出来たものを果たして買ってくれる人がいるのだろうかとか、そこが見えなかった一年目がけっこう苦しかったといいますか……。

でも中には応援してくれる方もたくさんいましたし、福島に足を運んでくれる方と繋がっていくことによって、そこで生まれてきた信頼関係というものが広がっていくのを感じたので、だんだんと自信を持って作っていいんだなと。しっかりお客様にも「きちんとひとつひとつ検査して作っていますよ」と伝えていくことが今の福島の農業には必要だなと実感したので、必要な場所というか、呼ばれたところに、東京の方にも野菜やお米を持っていくことがありました。

まわりの二本松の方々にはもちろん離れる人も何人かいらっしゃいましたが、ほとんどは前を向いてここで続けていこうという方が多かったですね。農家さんは年上の皆さんばかりで、当時私が最年少です。

私は微力ですけど、発信が出来る人ってどうしても限られちゃうと思うので、おじいちゃんおばあちゃんなり親世代なり頑張ってる人たちの代弁が出来るようになればいいなと思っていたので、例えば東京の人に来てもらって野菜を買ってもらったりとか、あと農家民宿というのも地域で活発に取り組んでいることなんですけども。

農家に泊まってもらうんです。簡易宿泊なんですけど、農家に泊まって団欒《だんらん》して農作業体験するような仕組みがあって。そのためにも外に宣伝しないと人は来てくれないので、そういった活動もやってきました。

最初は一部実験として田んぼ一枚分を反転耕の作業をして、やっぱり数値としてそこまで出ないというのはわかりました。

ただ、田んぼだけで五十枚あるので、全部をやるということだけでは労力的な問題もあったので、有機農業という手法を使ってといいますか、有機物を入れることによってセシウムが米野菜に移行しないということが実験を重ねてわかってきたんですね。

有機だからこそ、そういった放射能が吸収されにくいんです。だからこそよい土作りをする、有機的な農業をやるっていうことは福島の農業の光でもある。そういう事実を伝えてくれた研究者の方がいて。

そうやって二本松で働いていたんですけど、実はですね、私、今は浪江町で農業をやってるんです。

今年からなんですけども、原発から約十キロ地点のところに家と畑があって。まあハードすぎて大変なんですけど（笑）。

そもそも浪江は八割が人が帰れない帰還困難地域になっています。二割の土地と場所に人が住んでいるというところで、私が借りてる畑は空間線量が低いということもあったので、そこまでいろいろ試行錯誤しながらやらなきゃいけないという状況ではないんです。ただ、農家さんが少ないので。今の仕事の内容としては、農業専業ではなく「道の駅なみえ」という商業施設の立ち上げをやっているんですけど、そこに農産物が集まらない。浪江で農業をやっている人が少ないからです。そういう状況をわかった上で、自分も浪江に来て、農作物も作って「道の駅なみえ」にも出荷するということを今年はやっています。

いずれは福島県全体の農業を盛り上げていきたいというのが根っこにずっとあったんですけど、まだまだ農地が再生されていないというか、広大な土地が荒れていくという現状を目にしてきた九年近くだったので、むしろいったん人口がゼロになった浪江町なんですけども、誰かが始めないと次が続かないなと思ったんですね。若い人が戻ってくるという選択肢すら厳しいという現状の中で、自分の経験とかやってきたことが、逆に言うと試されるというか、経験を活かせるということに繋がったりとか。

あとは、あれだけの事故が起きて風化という言葉がある中で、現実を自分の目で確かめて欲しいなというのがあって。私自身がまずは浪江の農業を……。まず大変な部分ということでは、常に放射能検査をしなくちゃいけないんです。農家さんにとってそれは負担だから、それまでだったらやらないという選択をみんなするんですけど、誰かがその検査をして安心安全な浪江の野菜や農産物をちゃんとお客さんに食べてもらえるようにすることが本当に重要だと思ったので、「道の駅」という商業施設でそういうことを、みんなが集まってくる場所で伝える人が必要だなと思った次第で。

このタイミングを逃して二年後三年後やるかといったらたぶん選んでいないかもしれない。新しい町の風を起こす立ち上げだからこそ、ワクワクしましたし、来たのかもしれないですね。

やっぱり福島で活動してくると、いつまで放射能のことを語っていくのかということもありますし、あとは時間とともに変わっていくニーズもそうですし、社会の変化もあったので、自分がちょっと正直ずっと震災にとらわれて生きてきた、自分の人生は何だろう、というところに来て……。

そう思った時期が数年あって、実は少しだけ農業と福島から離れました。二〇一九年から二〇二〇年の一月まで。ついこの間です。

背負いすぎてしまっていたというか、まわりからの期待ももちろんありましたし、自分の人生はこのままでいいのかみたいなところまで行ったんですけど、最終的には戻ってきました。というか、逆に浪江という一番難しい場所に来たんです。

私はちょっと変わり者なんですよ。

自分の使命感というか、そういうものに突き動かされてしまったというか。

そういうところに飛び込んじゃう人間なんだなと自分でも思いましたね。

軸は農業にあって、なぜなら人は食べないと生きていけないし、一方で化学物質だったり農薬もそうですし、食品添加物といった、あらゆる食に関する弊害がありますよね。そういう中で食の安心安全を守っていくという意味で根本に農業があると思っているので、それを環境問題と一緒に……アグロエコロジーという考え方があるんですけれども、それを教育していくことが大事だと思っていて。

農業を基盤に、この小さい町でも循環していく持続可能な社会を作っていくというところの先駆けとして、それこそ浪江はまだ人口が千四百人くらいしかいないので、自分たちが作ったものが直売所にも並ぶし、飲食店でも使ってもらえるし、目に見える。まわりの人を笑顔に出来て、それが見えるのがひとつには農業だなと思っているので。

浪江はまだ住める地域が限られるので、コンパクトに実験的に出来るんじゃないかなと思うんですよね。まあ、まだ始まったばかりなので、あまり強く言えませんが。

特にここで有機で農業やる人って本当に少ないので、まず自分自身は今年一年目は野菜にかんしては無農薬・無化学肥料でやってます。じゃあ他の人がそうやっているかといったら品質のためにも農薬を使っている方もいますし、それが悪いわけでもなく、ただ健康を考えて出来るだけ農薬を使わない考え方や取り組みが広がっていったらいいなと思っています。

去年、夏野菜はまんべんなく二十種類くらい作りました。「道の駅なみえ」の運営指定管理会社の「一般社団法人まちづくりなみえ」のスタッフとともに野菜を作り出荷しています。

ちなみに、二本松にあったＮＰＯは「ゆうきの里東和ふるさとづくり協議会」です。ともかく、そういう仲間たちがいるということです。一人だとどうしてもマンパワーが足りないので、助け合って補い合ってやっていけたらいいなと思っています。

浪江では畑の近くに家があって。ようやくいいところが見つかったんですけども、ほとんど今は自宅も解体してる人が多いんですよ。住まない人はほとんど解体して、あと残ってる人は通いで浪江に来たりしている状態です。正直、町の現状もちゃんと伝えないとわからない、見ただけじゃわからないというのが特に時間が経てば経つほどあるので、実際に例えば浪江の人に農業に携わってもらったりとかして対話などをしながら、この地域でこれからの未来をどうやってどう生きるべきかを話せる場があればいいなと思っています。

「一般社団法人まちづくりなみえ」は道の駅運営スタッフを含めると五十人近くいますね。実際に農作業する人は作業分担制で主に十五、六人で関わっています。

でも、私としては畑にいる時間をもっと、出来るだけ増やしたいと思っていて、そこでしか伝えられないこともありますし、あとは一緒にワークショップを通して、やっぱりこの地域だからこそ考えられる、ある意味震災がらみの生き方とか考え方が学べるという場所だと思うんですよ、浪江って。

要は原発事故があって、助けられた命も助けられなかったという……津波だけであればすぐ助けられたのに、翌日にはもう警察も自衛隊も入れなかった。そこに助けられた命があったにもかかわらず助けられなかった、という無念さだったり嘆きだったり悲しみだったり、それが怒りになってるとか、本当に人と接してそういうことをひしひしと感じてるんですよ、今も。

ええ、今もです。今も行き場のない嘆きみたいなことを、この人はすごく話したいんだろうなという感じとか、時間が経てば人はそれなりに忘れるだろうとは思うんですけど、まだそれは福島にあるんです。

愛する故郷が失われることは誰にとっても悲しいことですが、そこには故郷を愛するという共通の繋がりがあると感じています。

ですから、そういう癒されない何かを、農業とかを通して、癒すという言葉が正しいかはわからないですけど、浪江に来て何かを感じてくれたらいいなと思ってるんです。

THE LAST PLACE

タカハラタケコです。九十六歳です。

団地に住んでます。復興住宅ね。

いわき市永崎《ながさき》字《あざ》……、あ、住所は言わなくていいの（笑）？

ここはね、年寄りが多くてね、若い人がいないの。私たち四号棟は年寄りばっかり。みんな、浪江町の人たち。だから仲よくやってます。

でも、知り合いの人がね、外へ越してしまったり。そういうことはあるけどね。

団地は全部で六つかな。道の向こうは富岡の人たちね。三号棟が大熊町の人たち。四号、五号が浪江町。あと六号が双葉とかね。

ここに住むまでには六回移りましたよ。新潟、裏磐梯《うらばんだい》、三春《みはる》、あと安達《あだち》の運動場にも三年いました。仮設でした。

仮設には千人いたんですよ。だいたいが浪江町とか、みんな知ってる人たちばっかりだったけどね。そして二〇一五年にここに来て。

みんな自分が希望したところへ行けるってことで。そしたらば甥っ子がね、ここの申し込みをすっかりやってくれたの。

カーテンまで甥っ子がやってくれてね。私ここへ来ないままだったの。一切、おばちゃんのためだからってやってくれてね。

震災があったあとに、一番最初は原《はら》ノ町《まち》に行った。そこから新潟にね、体育館に一カ月いました。家族で行ったんだけどね、別れて、そして私たちは磐梯《ばんだい》に移ったの。福島の磐梯山。うん。三カ月いました、磐梯のマンションにな。あ、ペンションかな。マンション？ ペンションだ。旅行の人が泊まるとこ。

それから三春の役場のな、そこへ十日おりました。で、三春町に十日間いた。その後に、安達ヶ原の運動場の仮設に入って、そしてここに来たの。

旦那さんと二人でいたけど、安達ヶ原に来てすぐに肺炎を起こして。そしてよくなったんで、一時病院から帰宅したわけ。そしたらまた熱出て入院しちゃったのよ。私だけこっちに入ってね。お父さんとはそれっきりです。

地震の前までは、私は何にもしなかったば。みんな共同生活だったから、みんなが機械を扱ってね、酪農。組合の人たちでみんなやってくれてな。でもその人たちもみんな辞めちゃっただ。嫌だなんて、それで私も辞めてね。震災より前のことです。それから何年か牧草は育ててたけど、だから投げっぱなしになって、そして野菜だけ作ってたな。ちょこっと。そして畑もな、近くの人が作ってくれるって言うから、みんなまかせることになってな。

　ええ、酪農をやってたの。けど、もう自分たちでは出来ねえんだわよ。なんも出来ねえんだ、みんな機械で、乳搾りも何も機械だった、電気でな。だから一人じゃ出来ねえんだわ。草刈ったって、ロールって丸いのさな、丸めて、そしてみんな貯蔵してて、冬の間にそれやってたんだ。だからな、酪農はもう一人では出来ないことなんだば。そんで、全部やめちゃったの。

震災のとき？　だから牛はもういなかった。平成十三年にやめたから。

牛舎も何もそのまま放っぽらかしにしてた。

当日は旦那さんと二人で家にいた。そしたらカタカタなんてな。道の前の車が、軽の車がポーンポーンとこんなに跳ね上がったんだ。それ見たら逃げたわな。表さ出たよ。そしたら隣の奥さん、外に出たまま家さ入らねえんだ。瓦が落ちて家へ入られねえんだって言ってた。

　その奥さんは、お友だちのとこさ行って帰ってきたところだったんだと。近道して帰ってきて、ほんで助かったって。奥さん、立ってたよ。ほして町のほうからな、学校のほうから避難する人が来るのが見えるって言って。私も隣に行ったべ。そしたら「あっち見ろ、あっち見ろ」って言うんだ。見たらね、向こうの家の前がザンブザンブ車から何も流されちゃってるの。木も何も。木まで流されて。すぐ家の前までな、津波が来て……。

　子供のときも、一回地震あってね。大きな地震だった。私、子供のとき。雨戸も何もみんな開けっ放しでな。夏だったと思うんだ。蚊帳《かや》の中さ入ってたから。そんなことはあっただな、一回な。

　でもそんときは津波は何もなかった。壊れたところも何もなかったからな。私ら子供のときだからね。カタカタカタいってね。揺れてね。

今度の震災では家から出てね。ずいぶんして一時帰宅はしたけど、五、六回行きました。妹呼んでな。あと甥っ子。ここに来てからも二回行きましたよ。

家壊すときな、「連絡してください」って私たちは言ってたんだ。けど「蔵壊したから来てください」って言うから行ってみたべ。甥っ子に連れてってもらった。なんにもなかった。業者が壊してしまってた。もう更地になってて。

私、一時帰宅しても何も家から持って出るものがない。妹が箪笥《たんす》欲しいって言うから持ってきたの。そしたらな、「姉さんはこれしかないんだから、姉さん持ってろ」って、結局妹は持っていかねえから私が持ってきたんだ。部屋の中の、見える？ テレビ電話で？ あれがそう。やっぱりね、壁落ちてたから、壊したほうがいいって全部な。蔵だけだと思ったら、なんにもなくなって。

ええ。震災前は、近所の人がみんな私の家に来てましたよ。今住んでいるここだとなかなか集まってこれないな。私もどこへも行かないから。しょっちゅう集会はあるんだ。週に二回はお茶会あるしね。でも私、全然出ないから。

私、食べ物アレルギーあるからだめなのよ。生もの食べれない。魚ね。あとは芋とかも残して、私食ったことあるけどな、その晩痒《かゆ》くなって痒くなって。磐梯にいたとき、ふたところもみところもお医者まわった。

卵もな。三十五年食べなかったよ。でも旅行さ行って、温泉卵食べて、それは面白かった。

磐梯でね、出たんだわよ、ゆで卵。知らないで食べちゃった（笑）。卵食べちゃった、どうしたらいいべとなったば。そしたら大丈夫だ、なんでもねえべ。それからなんでもねえから毎日食べてる。それから毎日食べてます（笑）。

けど年寄りだからね、集会出て粗相したら困ると思ってます。寂しくないけど、寂しいよ。ウメちゃんいなくなったしな。シゲちゃんもいなくなったべ。シゲちゃんのばあちゃんとお友だちだったから、ウメちゃんもそうだったし、こうやってっとな、写真を眺めてっとな、昔のことばっかり思い出す。あと歌だ。私、歌聴くと、涙流れて。なんでも思い出すよ。

これが一緒に撮った写真。亡くなったから、この人が平成十三年に。こっちの人はここに来る前に亡くなった。うん。私ばっかり長生きしてる。二人が窓ガラスによく映るんだ。

歌って歌って、三人で踊り踊ったんだわ。「丘を越えて」とかな。私はこの人と「母子《おやこ》船頭歌」。あと、この写真のこれは踊り子の人たち。私ら、慰安会でな。兵隊だった人の前で歌ったの。そんときの写真。

ほれ、この子はな、「母子船頭歌」を歌ったとき、可愛かったんだ。帽子をかぶって。そしたら会長が泣いたと。「戦争さ行った息子たちのこと思い出して泣いた」って言うんだよ。

私、子供の頃、十日《とおか》市《いち》の発表会に学校代表して絵を出したんだよ。いつも一番だったもんだ、学校で。隣の人が「タケちゃんの絵が講堂に出てたよ」って言ってきたもんだ。

女学校卒業して、多摩の美大さやれって人に言われたの。私が「やるよ」って言ったら、お父ちゃんが「絵描きにさせっこんだら、ダンプの運転手にでもなったれ」って言ったの。でも、母親が「多摩の大学さ、娘をやりたいんだ」って先生にお願いして。先生がな、私に推薦出してくれるっていうわけ。でも戦争で姉が疎開してきたから行けなくなった。その頃戦争だったからな。

私の義理の兄さん、姉さんの旦那は召集されたんだ。兵隊さ行っちまった。で、義兄《にい》さんは東京の三《み》鷹《たか》にいたんだけっど、中島《なかしま》飛行機の技術者だったから、兄貴はな。だけど結局、姉さんがこっちへ疎開してきたわな。焼かれたからな、そのあたりは。私行かないで助かった。

親戚のおばさんが言ったんだわ。「タケちゃんよかったなあ、行かねえで。あのときな、行ってたら今頃いなかったべ」って。それで私、専門学校行った。多摩に行かないで地元にしたの。

そんで学校卒業したらば勤労奉仕隊って。工場のやつさ動員されたんだわ。そしたらみんな行ったんだ。うちのほうでも、こんな大きな木を五本も供木《きょうぼく》したんだ、基地造るのに。大きな杉の木な。こんな大きな欅《けやき》の木があってな。タケコが嫁行くときは使おうって言ってた木さ。だばよ、昔は寺子屋だったたっていうから。家には机があったの。昔の教科書はな、障子紙を二つに折って留めてあってな。私、今でも書かれるよ。大和仮名《やまとがな》。ほいでなんでも自由になんでも買ってもらっただな。子供の頃、実家では「少女倶楽部」いうの読んどった。姉ちゃんは「少女の友」だ、あんなの読んでな。

うーんと昔の雑誌。「少女の友」。欲しくて欲しくてな。兄貴二人は机持ってた。なんぼ机欲しいって言ったって買ってもらえねかった。

ほいで家には槍だの薙刀《なぎなた》あったからな、昔の。

おらの兄貴は、車、車さ一台持ってたよ。刀もいっぱいあった。鎧もあった。兄貴は中学の頃な、一回か二回着たんだって。あとは友だちがな、毎年それ着て、鎧着て、旗を立ててたんだ。野馬追《のまおい》の。子持ちの猪とか、熊野町は上り猪。本家は、私のところは下り猪の旗だった。

みんな火事で焼けちゃった。私が二十二のときになくなったんだから。私は二十三歳で結婚したから。前の年に焼けちゃってなあ。焼けてすぐ来たっぺ、隣の人が。焼けて困っぺから返せって。みんな弁償しただと。この頃、金はいっぱいあったからな、この米もやる、田んぼもな、両方さ貸す。そうやって弁償したんだ、兄貴が。

戦争のときは、あれだども、原町《はらまち》が飛行場だったべ。大熊の、今の東電のところも飛行場だったから。飛行機が飛んできたよ。私ら隠れるところなくてな、サツマイモを入れとく穴があったから、そこの中へ隠れた。

そう、穴があったの。田んぼの中で遊んでて、水浴びてるとき、穴の中に隠れて。大熊が飛行場だったから。そこ通るんだわ、うちの空まで。そうして私ら「わあ、来た！」なんて。他に逃げるところないからな。

町は焼かれなかった。町には爆弾は落とさねえから。ただ飛行場だけだから、目立ってたのは。町は何もしないで素通り。今でも夢見るよ。二機も三機も揃ってな。飛行場がやられると遠くからわかったんだ、煙上がるからな。

ああ、震災のこと？　隣の人はな、道知ってっから、「車に乗れ」って言うんだ。私らば旦那と二人で車さ乗って、隣の人は息子とかに乗せてもらって原ノ町に行った。普通の道路ば通られなかったのさ。隣の人が役場さ行くからって、裏道をすいすいすいすい行って。おかげで助かった。

そして新潟まで一緒に行って、新潟で別れたの。

入った体育館は大変だったな。ただ布団敷いてるだけでな、頭並べて寝るだけ。旦那は「家さ帰る」って聞かねえだ。なんぼしたって「家さ帰る」って。猫置いてきてたから。

夜中一時になって起きて旦那が歩くだべ。私泣いたよ。隣の人も、家に猫三匹置いてきたって言ってな。犬はな、車追っかけてきたんだと。ほんで旦那に「家の猫はもう帰らねえぞ」って説得してくれて、それっきりだ。もう二度と猫の話しねぐなって。

毎日みんなが箱で服を持ってきてくれてな。どんどん持ってくるんだ、毎日。喧嘩になるんだよ。取り合いでさ。私ら年寄りはな、隣の人がもらってきてくれたらな、旦那は「こんなの着ねえ。俺の好みでねえ」って言うんだ。

そしたら隣の人が「これはいいのを買ってきたな。どこで買ってきたの」って言ったべ。そしたら旦那は二枚も欲しがった。あはは。

ちょっとしたら体育館の中は落ちついた。だけども話する人もいねえど。夜も昼もただ寝てるだもの。買い物さもな、するあてねえから出ていかないしな。ただ黙ってた。そうやって一カ月いたの、新潟にね。それで磐梯に来たときはいいところだから助かったよ。どこへでも車に乗せてくれる人もいたからな。その人も亡くなったんだ、東京さ行く時に亡くなった。みんな亡くなったよ。

磐梯《ばんだい》熱海《あたみ》には三カ月いて、それから三春さ来たんだ。役場の会議室に十日間。あっちこっち行くから隣にいたお父さんが言ったよ、「何回俺のこと動かすんだ」って。「もうどこさ行かねえからおまえらばっかり行け」って、お父さん言ってた。

ほんでも言われた通りに移らねえとな。シゲちゃんのばあちゃんも引っ越しのときね、泣いて言ってた。「ばあちゃん、老いては子に従えだべ。カルタさあったじゃないの」って。ほして「ばあちゃん、百まで生きろ。そしたら私は百五歳だ」なんてな。そう言って別れたんだ。今はシゲちゃんのばあちゃん、ホームさ行っちゃってな。

え？　この頃は、宗教勧誘がしょっちゅう団地に来るよ。お経読めとうるさいの。私「お経読めません」って。「私、今から出かけんだから、帰ってください」と言ったら、やっとこさ腰上げた。一時間超えだ、四人で。そのあと電話きた。「もしもし、どなたですか」って言ったら、なんとかって言ってたな。隣の人からその名前聞いてたから、すぐわかった。宗教の人だ。

団地の向かい側の人は、「なんだべ、あれ。タカハラのばあさんとこさ、勧誘が四人も来た」ってわけで、前の管理人さんが跳ねて来たわ。「なんで知ってて戸なんて開けてんだ」って。そうやって、まわりが気にして来てくれてね。だから決してな、戸を開けねえ。そのようにした。

だけど本当は戸は開けとかないといけんの。中で亡くなった人がいてな。何十人もの人が来た。開かなかったんだ。扉壊したんだと。向かい側の人だよ。五号棟の人。内鍵あってな。だから係の人に「内鍵はしないでください」なんて言われててな。

以前仮設にいたときは宗教の勧誘、来なかったな。全然来ない。物売りは来たけど、「私はアレルギーでだめです」って断って。魚とかなんとかな。

ここの団地に入ったら勧誘が来るようになった。仮設だとまわりが見てるからかな。今はな、ガスの検査だなんて入ってくるよ。私、オレオレ詐欺、三回かかってるんだよ。

一回は英語で来たんだ、英語でしゃべられて（笑）。黙って「そんなのわかりません」って断った。この間ね、電話きたから、ちょうどウメちゃんいたんだ。「ウメちゃん、電話だと」って言ったべ。ウメちゃん、「どなたですか。何かご用ですか」と言ったべ。そうしたら向こうが切ってしまった。

また去年かな、変な電話きた。娘いたから「ほら、電話だ」って言ったべ。そしたら切れちまった。ウメちゃんのお友だちに聞いたら「ばあさん、気をつけろ。オレオレはすぐそばで電話かけてんだからな」って言われた。すぐ近くで電話して様子見てんだと。

けど、ウメちゃんとシゲちゃんも、もう今はいないからな。だから隣のタカハシさんに助けてもらってる。台風被害でここに三人入ったよ。若い人が。十六世帯くらい。団地を近頃はそういうふうにも使ってるみたいでな。

それでもまだ十軒くらいは空いてるよ、ここ。どんどん亡くなっていくから。
うちの娘は、「買い物だけでもな、ばあちゃん頼め」って言う。デイサービスな。だけども自分で買い物行けばな、知らない人とおしゃべりして、休んで、それ楽しみなんだど。だから「しばらく様子見る」って娘に言ったの。自分の体のためもあるって。そしてここらを歩くだ。玄関前の廊下も何往復かする。けっこう長いの。二千歩くらいは歩く。

孫は「ばあちゃん、枕も布団もまた汚れてる。まただよ」って言うけど、「いいから。汚れてても死なねえから大丈夫だど」って言うんだ。掃除しねえから、俺。

娘が来たときは水道代がかかるよ。なんでも洗濯するから。水道局がずいぶん使いますねって気にするんだけども、「いつも娘が来るとこうなるんだ」って、私は言う。

娘はね、前まで毎月来てたけど、コロナだから今はなかなか来れないんだ。

私断ったの。「来てなんな。もしかしてあんたたち病気持ってきたら、私がここさいられなくなるど」って。

他にもな、親戚が「来る」って電話よこしたの。「来るな」って言ったの。飛行機だのな、乗って来たらコロナ危ないって言ったの、私。ここは年寄りばっかりだからな。病気になるから断ったんだ。

長女は東京の中野にいるし、二番目はタイにいるよ。商社なんだから、旦那が。まずフィリピンに行ったの。それから上海《シャンハイ》にちょっといてな、一年くらいいて。それからタイに行っちゃったの。

そして孫二人ば留学させてたの。男の子と女の子。二人ともな、日本に就職させたくて、日本に帰ってるんだけどな。東京とあと熊本か。

この団地で欲しいこと？　ない、ない。なんでも満足、これで十分。

終《つい》の住処《すみか》だからな。

近くの店に勤めてる店員さんが富岡の人なんだ。それが言うんだ、「私、避難者だなんて言うな。ここの住人だぞ」って。他にも「避難者だなんて言うな。小名浜の人間だぞ」って言う人もいるしな。

終の住処なんだ、私の、ここが。

もうここに来たらなんにも心配ない。津波の心配もないしな、なんにも心配ない。私一人で寂しいだけだな。

買い物はな、四日おきに行く。買うのは納豆と卵と牛乳と豆乳。これだけはなくちゃならないから。

スーパーまで歩って帰ってきて二千歩。朝早くな、涼しいうちにと思って、九時になっと出かけてね。それが楽しみだもの。

暑いときだってかまわねえ。私この窓から道を見てんのよ、みんな何着てっか。今日は半袖だな、とか。

ここは海が近いから風が吹きますよ。涼しいんだ。クーラーな、娘に「いらねえ」って言ったの。いらないもの。だいたい、俺はクーラーなんてつけたことないっぺ。

ああ、ここにほら歌作ってあるの見る？　昔から何個も作って、いっぱい新聞に出てんだよ。『みちのく歌壇』ってとこ。

読んでみるわ。

「六回の避難の地にて夫《つま》は逝き終《つい》のすみかで我は孤独に」

ほら、こうして切り抜いて取ってあるの。村さいるときも、私は帳面持って歩ったもんだ。

「セーターを編んではほどきまた編んで出来た喜び　仮設に住みて」

な？　浪江・高原タケ子って書いてある。短歌だな。こういうのもあるよ。

「汚染され採る人もなき枇杷《びわ》の木についばむ小鳥実を落としおり」

庭の木二本の枇杷を鳥が落としてんだ、一時帰宅に行ったら。それを詠んだ。

「幼き日妹とつくりし首飾り椿の花の咲けば懐かし」

椿の花が咲くと思い出すんだ、妹。七十九歳で死んだ。何年前だべ。

もうひとつ？

「悲しさも辛さも忘れ毛糸編む『ありがとう』その一言のため」

あとは書くのやめた。

愚痴ばっかりだからな。愚痴だよ、愚痴。

ああ、それ？　それは新聞に載らなかった俳句だ。

「夢であう母は我より若かりし」

もう私は歌は作らねえ。愚痴だからな。

a dancer

何度もお会いしてきましたけど、いとうさん、わたしも年をとりました。
六十代も半ばになりますと、いろいろ考えることがあって、それからコロナもあって、これでコロナにかかって二週間くらいで何も言い残せずに死んだらどうするかと考えたんです。そうすると、きちんとしておかないといけないことがいくつか出てきて、しかもそれはいつかではなくて今やらなければいけないと。

七十代になるとたぶんそういうことも「まあいいか」になっちゃうと思うんです。なので、やっぱり今やれるうちにやろうと思って、取りかからないといけないなと思ったんです。

私の実家が福島県と宮城県の県境にあって、以前おいでいただいた福島市のこの稽古場から車で三十分くらいなんですけど、そこが古民家なんですね。これ、私が死ぬと廃屋になってしまうので、それで片付けてとにかくきれいにして。

つい半年前まで母と叔母が住んでいたんですけど、施設に入ることになって。やっぱり年寄りが暮らしていたのでぐっちゃぐちゃなので、それをきれいにして、まずはちょっと手直しをして、踊りを教えている子供たちが夏合宿を出来るようにして。

いいでしょ? 夏合宿をして、それと田舎ですから畑とかあるわけですよ。そこでキャンプファイヤーも出来るし、バーベキューも出来るし、プラスそこを活用して何か……ひいては地域のためになるようなこととか、それを使えるような形で残したいんです。

ただの貸し館事業ではない、何か伝統文化、例えば落語の会を開くとかですね。そうすると地域の人が集まってここでお茶が飲めるとか。使っていただけるような形にして残していくことを考えたんです。

だからこのコロナの間は必死で家の中を片付けて、これからあれこれ手直しをして。以前海外公演が出来たときにも、ずっと言ってると人が気にしてくれるということがあって、今回は古い家を使いたい、使ってくれる人を探してなんとかしたいということを言っていましたら、それなりに思いのある方が寄ってきてくださって。

福島県の建築士会の方たちが、改修に関しては勉強の材料にしたいとおっしゃってくださったり。こういう提案はあまりないので、喉から手が出るような話だと言ってくださって。あとはどうやって使えるかということを地域の特性を活かして、例えば外国の方を呼んでくるとか、それはどこまでどう出来るかわからないんですけど、でも始めないといけないので、そんなことを考えるようになりました。

未来に向けて何かしなきゃという気持ちはずっとありましたね。家を背負ってるみたいなところがありましたので、このまま私が死んでしまったら、結局人が住まなくなった家は廃屋になってしまうというのがあったんですけど、そういうのってなかなか手をつけられないということもあって。でもそれは、ひとつ何かきっかけがないと踏み出せないものなんですね。

そもそも私はスタートがすごく遅くて、なにせ人に日本舞踊なんか教え始めてたかだか二十年ですので。その前はふらふらしてたんですよね、鬱病にもなりまして。

ただ鬱病から私を救ってくれたのが踊りだったということがあって。私はその前に師範の資格は持っていましたけど、自信がなくて歩き出せなかったんですね。活かせなかった。鬱病の薬を飲んでたこともあったんですけども、けっこうひどくて、その頃はのたうちまわって秩父《ちちぶ》の巡礼に行ったり、カウンセリングに行ったり、二年くらいのたうちまわりました。

その間、踊りも休まなきゃいけなかったんだけど、ただ這うようにして、とりあえず踊りをもう一度やるかと思って。そしたらこれが踊っている間は体も使うし、頭も使うんですね。そうすると余計なことを考えないんです。とりあえず死のうと思っているのは棚上げする、みたいなことがあって。

そういうことをやっているうちに、だんだん薄紙を剥がすようによくなってきて。その頃は強烈に、私は踊りによって救われたなと思いましたね。それでこういう体験はもしかしたら、順調に小さい頃から踊りをやって先生になっていらっしゃる方に教わるのもいいけれども、私のようなこんな体験が活きることもあるかもしれないと思って、それで踊りを教え始めるようになりました。

実は、日本舞踊はお金がかかると言われ続けていましてね、踊りをやるのは二十年前でも子供かお年寄りしかいなかったんです。それで子供を教えるには助成金をもらうしかないと思って、助成金をもらって、とりあえず子供に着物の着方と帯の結び方とお辞儀くらいの仕方を教えて、何かそれが役に立てばいいやと思ったんです。

そしたら一番最初に教えた子のうちの一人が、もうちょっとやりたいと言い出したんですね。じゃあやろうかとなって童謡や小曲を教えて、いずれ子供が海外に行ったときに役立てられればいいやと思ってやり始めて、毎年助成金で育てたうちの希望者を残していって、十五年やり続けたんです。

事業仕分けでちょっと休んだことがあったんですけど、今十四期生まで育ちました。

あの震災の時は稽古場にしているこの家はハリケーンが通ったみたいにがちゃがちゃになりましたし、地震だけならまだしも原発の爆発がありましたから。宮城県の遠刈田《とおがつた》に親戚の家があり、そこに三月中は避難しましたね。

そこから戻ってきて、あの当時すごく子供がかわいそうだという皆さんの思いがおありだったと思うんですけど、私自身はですね、四月の頭くらいに戻ってきて、ようやく水道が開通したお風呂に入りながら考えたんです。

私、何か前世に悪いことをしたかなって。これは本当に真剣に考えましたね。

チェルノブイリと同じだなと思ったんです。こんなに放射能を浴びせられて、ただちに健康被害はないとさかんにあの当時言われましたけど、「ただちに」ってなんだと思って。大人のほうがガンになるリスクがあると、それまでの生活習慣とか何かがあって。

私は前世できっと悪いことをしたんじゃないかと思うほど、いったん自責の念に駆られて。

そうしているうちに人間ってそこから怒りが出てくるんですよね。なんだこれは、冗談じゃないじゃないか、とんでもないこれはってものすごい怒りが湧いてきましたね。まったく本当になんでチェルノブイリと同じ目に遭わなきゃいけないんだ、福島とかいって何が福の島だとか思ったんですけど、その時はたと思ったんです。

　チェルノブイリと同じということは、世界的に名が知られたなと。今までは東京、京都、大阪、札幌、ぎりぎり仙台ですよね。福島なんてどこ?って国内だって言われるなかで、今こそ福島という名前で世界を回ってやろうと思ったんです。

　それまで、子供たちが一生懸命やってる日本舞踊をツールとして海外と繋がるとか、そういうことが出来たらいいなとは思っていたので、よし今こそ海外公演だと思って。そこから無駄ないろんな動きをして。いきなりタイの大使館に行って「こんなことがしたいんですけど」と言ったら、「それはタイにある日本大使館に行きなさい。こっちの日本大使館は向こうのものをこっちに紹介するところだから」というふうに言われて。ふふ。そんなことがあったりとか。国会議員のところにいきなり行ってみたりとかいろんなことをしてみましたね。

　陳情しましたよ。それから福島はあの当時、本当に落とし穴に落ちたようにまわりから嫌われましたからね。福島ナンバーの車が他県に行くとまわりに車がいなくなるとか、皆避けちゃうんです。別に放射能はコロナよりこわくないと思うんですけどね、あの当時はね。例えば東京の高速バスの乗り場で福島行きのバスを待っていると、「お前ら、福島から出てくるな」と大学生が言われたとか、そんなことを聞いたものですから、「だったら東京電力の電気使うなって言いなさい」とか言ったものですけど。修学旅行に行ったら悪口を言われたとか、いろんなことがありましたね。

ああ、放射性プルームが降った日ですね。あの当時は、例えば幼児を家に置いておけなかったんですね、余震がありましたし。だけど水は大事なので、水はもらいに行かなきゃいけない。そうすると水をもらいに行くのに子供を連れて行くわけですね。当時、学校も休校でしたから。そのときにずいぶん降っていたわけです、放射能が。そのことをのちに一緒に連れ出した親がものすごく後悔しました。自分が無知だったせいで子供にそういうものを浴びせてしまった。それを今もすごく後悔している。自分の無知を嘆いて。

その後は結局、マスクして長袖長ズボンで暑い夏を過ごすことになるんですけれども、最初はまったく情報も出てこないし、わからないし。そのうちにまわりの人たちが情報を得て、差別に変わってきて。

今から思うとなんですけど、あの頃ピンチをなんとかチャンスにしたい、逆転させたいという思いがありました。それと、私自身が放射能に対してはとても恐ろしかったんですね。影響ないと言われても、私はたぶん感度があって。人間、個体差があるじゃないですか。私、レントゲン浴びるとものすごい疲れちゃうんですよ。あるとき、震災から一年以上経ってですけど、ちょっと転んでレントゲンを撮ったんですよ、膝の。そしたらその後でものすごく足がだるくなって、片足がどうしようもなく重くなったんですね。これは普段よりプラスアルファがあるから感じたんだなと思いました。それから一年間くらいは、運転していてもものすごく眠くてしょうがなくなるとか。自分の体で感じるものがあったんですね。

だけどガンにはなりたくなくても他県に避難するわけにもいかなかったので、もう最大限に自分の細胞を活性化させて何かワクワクドキドキして、ある意味で子供のように、子供が新しいことをするときってワクワクドキドキするじゃないですか、あれをやって生きていくのが最小で最大の防衛だとどこかで思ったんですね。感覚的に自分で思ったんだと思うんです。

何かこれだけのものを背負わされてしまったのなら、何かここから這い上がるというか、マイナスを補ってあまりあることがあればいいなって、どこかで思いましたよね。

あの年は文化庁から助成金をもらっていたイベントをすることも不可能になったんですよ。一年後になんとか太鼓の方を呼んできて開催出来たんですけど、準備はまだ震災から一年経たないうちでしたから、文化庁長官のメッセージが欲しいと思って。いきなり文化庁に出かけて行ったんです。

そこは向こう見ずですよね。普通は国会議員さんとかルートを辿ると思うんですけど、いきなり文化庁に。本庁に行くのは初めてで、ちょっと最初はドキドキしましたよ。入口で、全然わからないので、ガードマンさんに「身分証明書」って言われて、わかんないじゃないですか。「身分証明書って何ですか」と言ったら、「免許証でも保険証でもいいです」とか言われて、ががさやっていたら、さすがに爆弾持ってるおばさんではないなと思われたらしく……。

で、長官官房秘書室というところに行けばいいんだなとわかったので。「お約束ですか」と言われたので「約束してません」と言って、でもちゃんと話を聞いてくださって。「文化庁の助成金でこういう事業をするので、「ぜひ福島の子供たちに中央からちゃんと見てるんだよという、そういうメッセージをください」と言ったら、これがね、書いていただけたんですよ。

だから当たって砕けろはありだなって。言ってみるものだなって。そういうものもどこかで学びましたね。

近藤誠一《こんどうせいいち》さんという当時の文化庁長官と、あともう亡くなられましたけど、三浦朱門《みうらしゅもん》さん、芸術院の院長さんでしたが、その方にもお願いをして書いていただきました。とにかく中央から見てるっていう、そういう眼差しが欲しかったんですね。

三浦朱門さんが書いてくださったなかに、この震災三県でその後、大きな暴動が起きなかったことはとても誇らしいのだ、世界中が注目したことなんだ、ということがあったんですね。それもすごくありがたかったですね。マイナスは受けたけれども、自分たちがそれなりに精一杯静かに暮らしたことがとても世界で注目されているんだということをそういう方に言っていただけると、とても誇らしい思いをすることが出来たという意味でもありがたかったですね。

そのときにはですね、「今、約束の時」という創作舞踊も作ったんです。家族は避難したんだけど、お祖父さんが一人、原発の放射能が残る地域に残ったと。そのお祖父さんが自分なりに放射能と戦う踊りをするわけです。結局家族といずれ再会をして共に暮らすという単純なストーリーなんですけど、それを創作舞踊にして公演しましたですね。

ちょうど震災から一年後ですね。福島市の公会堂で。一生懸命やりましたですね。なかなか福島は集客率は低いんですけど、でも作ることに意味があると思いましたし、助成金をいただいた上でのことでしたから、みんなで一生懸命に。そのエネルギーは今思うとやっぱり、マイナスの落とし穴から必死に這い上がろうとしたエネルギーだったと思います。

子供達は土日しかお稽古出来ないんですが、子供たちの意見も入れながら。面白かったですよ。放射能になった子は黒いサングラスをかけて、黒いTシャツを着て黒のスパッツをはいて、お祖父さんが箒《ほうき》を持って放射能の子たちと戦う。

子供たちがけっこう工夫した動きをしてお祖父さんをいじめて。子供たちは震災の体験を淡々と踊りましたね。

実はその前に大きなこととして、当時文科省にポータルサイトというのがあって、ネットで子供たちの活動の需要と供給を結びつけていたんですね。うちは震災前から夏合宿をやっていたので、二泊三日で自分たちでご飯作って、体育館で朝稽古してということを夏休みにしていたんですが、そういう施設が福島市内は全部閉じていたので、「日本舞踊の子供たちの夏合宿場所募集」とそのサイトに出してみたんですよ。そしたらこれに岡山大学の学生が手を挙げてくれて。岡山で出来る被災地支援がしたいという「おかやまバトン」というグループがあって、大学生と教職員のグループなんですけど、そこが手を挙げてくださって。私の電話だけの応対で、岡山にこちらから二十五人連れて行ったんです。それも震災の年の夏休みです。いろんなところに行けないときですね。

一週間も招いていただいて。交通費から何からすべてあちら持ちで、寄付を募って呼んでくださったんですね。それが私にも子供たちにもすごく大きなことで、海にも連れて行っていただいたし、山にも連れて行っていただいたりしながら、その二十五人の子供たちは十分に岡山を満喫して。子供が岡山の海ではしゃぐのを見たときに、「あ、この人たち、そういえばこういう元気な人たちだった」とふっと気づいたくらい、やっぱりそこまでの数カ月は違っていたんですよね。福島でのあの子たちは違っていましたね。それまであまりにも静かにしていたんです。

　そんなこんなで七泊八日、岡山でお世話になって。それで帰るときの新幹線の中でした。子供たちの号泣がすごかったんです。いやもう、私も感動して泣こうと思った途端に、子供たちが、韓国の泣き女っているじゃないですか、あれ以上ですね。タオルとかバスタオルを顔に当てて泣くんですよね。新幹線のお客さんが「何事か？」と見るので、「すみません、お騒がせして」って謝ったくらい。岡山から大阪くらいまで一時間くらいかかりますよね。あの子たちはその間、ずっと泣いたんです。

　まったく縁のない見ず知らずの岡山の若い人たちに本当に温かくしていただけたという、なんとも言えない思いでしょうね。あのときのことを思うと今でも胸が熱くなります。それまで自分たちは嫌われていると思っていたわけですよ。自分たちは嫌われるんじゃないかと思いながら、子供たちは岡山に行ったわけです。そこで岡山の地域の人たちが本当に温かく迎えて下さって。私たちは拙《つたな》い踊りを見せて、でも喜んでいただけて、そして帰るときの号泣が一時間以上ありました。

　そのおかやまバトンとの交流が強烈に子供の心に響いて、そのときに大泣きして、さすがに大阪あたりになったらお腹が減ってきて、泣き顔を上げて、当時中学二年だった子が「私もいつかおかやまバトンのバトンを繋ぎたい」と言い出したんですよ。そこから都合丸五年、岡山に招いていただいたんですけど、その子供の言葉が残っていたのと、子供たちの二年目、三年目の様子を見ているうちに、結局三年目に彼らが「ふくしまバトン」というのをおかやまバトンを真似っこして作りました。

さらに二年経った五年後、「おかやまバトンに呼んでいただくのは、もう私たち卒業しよう」と子供たちが言い出して、「そうだよね」となって。そして六年目に今度は熊本地震が起きるんですよ。そしたら子供たちが「熊本に行きたい」と言い出すんです。当時、福島県で「子供がふみだす復興体験応援事業」という助成金があったんですね。すぐにそこに申請して、熊本に行きたいと言って。岡山からも大学生に何人か行ってもらって、一緒に熊本に入って。その翌年は熊本から福島に招きたいとなって、熊本で知り合った中学生六人と先生二人、それと岡山の大学生を何人か呼んで。

自分たちは五年間岡山に招いてもらって、すごく支援していただきながらいろんなところに連れて行っていただきましたので、子供たちはどこかで同じことをやりたかったんだと思うんですよね。真似っこして。それで福島にお呼びして、会津とか相馬に連れて行ったりして。そして、『震災から得たものを未来へ繋ぐ』というシンポジウムをやったんです。

自分たちが何を得たか。熊本も何を得たか。岡山は岡山で何を得たか。たがいに発表しました。それは五年間岡山に呼んでもらった体験が、たとえ小学生だったとしても積み重なっていってるんですよね。また岡山とか熊本はみんな卒業していきますね。

でも、うちは踊りで繋がっているから、ずっとメンバーがいるんですよ。入れ替わらないんです。どんどん下に繋がっていく。小学校六年で震災を体験して、岡山を体験した子が、ずっと何人か残っている。

その後も福島県の助成金があったので「何しようか」と子供たちと話し合って、次は東京に、首都は東京だから、東京に福島のメッセージを届けようとなって。

そのときは私の師匠が杉並区にいらしたので、杉並区の総合文化祭に出していただいて、自分たちの震災のときの思い……震災のときに二歳とか三歳だった子もいるわけですが、そういう子は「私はその時の記憶はないけれども、自分はこう思う」ということを発表する。それで民謡など二曲くらいご覧いただくと、それなりに喜んでいただけるんですよね。子供が一生懸命何かを伝えようとしている、踊りを一生懸命やっているなという、その姿を見ていただけて。

それで去年なんですけど、岡山で水害があったんですね。真備町《まびちょう》。それで去年、二〇一九年の十二月には岡山に行こうとなって、年末になってしまったんですけれども、岡山の真備町に、慰問といっても現地の子供たちと交流するという感じですけど、それを福島県のお金でやらせていただきました。十二人行きました。岡山は実は福島からあの時に避難してそのまま住んでいる方が多い県なので、最後の日にはそういう方たちと交流したんです。

自分が体験してない人がどういうふうにそこに関わっていったらいいのか、小さい子たちが入っていって、よくわからないけどお兄ちゃんやお姉ちゃんたちが言っていることは自分と繋がっているということは、すごく重要なことじゃないかと思うんですね。実は今回準備する段階で、踊り以外のことでも子供たちがある意味で苦しむことがあって。岡山に行くときには子供たちは、『福島に行こう』というパンフレットを作りましてね。福島の美味しいものとか載せて作ったんですけど、放射能のこととかそういうところに触れてくるわけですね。

岡山に毎年五年間行っていたときもそうなんですけれども、放射能のことをどう話せばいいのかっていうことを、これが意外と親たちが迷うんですよ。言っちゃいけないんじゃないかって思っちゃうんです。だけど私は子供が思うことをありのまま言えばいいと思って。例えば「福島のお米を食べない家もあるし、食べる家もあるし」ってありのままを言うことのほうが伝わると思っているので、言っちゃいけないことはないというのを前提にすると、子供は子供なりにちゃんと考えてしゃべるんですよね、ありのままに。

去年、真備町に行ったときも、福島のことを話すときに、実は小学校の校庭にあの時の土がまだ埋まっている学校があって、それを掘り出して、ようやく中間貯蔵施設に持っていったことがあったんです。その子がそういうことがあったということをどういうふうに言うかとなったら、そこは親の意見が入っちゃうんですね。「持っていったから、だから福島の復興は進んでいると思う」というふうに結んじゃうんですよ。

私もちょっと意地悪だから「あなたは本当にそう思うの？」と聞くんですよ。そしたら、その子は震災をほとんど知らないのでよくわからないんです。復興が進んでいるというのは、本人の感覚ではないはずなんですよね。だから「本当にそう思うの？」と聞くと、「そう思わない」「だったらその結末をつけないで『土がまだ埋まっていて、それは中間貯蔵施設に運ばれていきました』だけでいいんじゃないの」と言ったら、「そうだね」ということになって。ありのままでいいんじゃないかと。そのほうが子供の言葉として、逆に子供が言うからこそ伝わる現状があるという気がしましたね。変に加工しない、と。

わりと県外に行くことや海外に行くことがあったので、子供が今どう思っているのかをまとめなきゃいけないことがけっこうあったんですよね。メッセージを言えと私が言うものだから、そうすると自分なりにまとめないといけない。それぞれの子がその子なりに掘り下げないと、メッセージなんか出てこないですよね。

自分の言葉でしゃべるっていうことが……本当は踊りの団体なんですけど、わりと出来るようになっていったかもしれないですね。イギリスに行ったときは、それを英語でしゃべれって言いましたし、あはは。

助成金をもらうということをやっていたものですから、それに合わせて行動しているうちにそうなったというのもありますね。踊りだけ習っていたら、考える機会はなかったかもしれない。

あ、そうなんですよ！　私自身もそうこうしているうちに変わってきました。やっぱり今は次に譲っていく準備の時間、移行期でしょうね。私、日本舞踊の世界では、こんなことしてるから、かなり異端児なんですね。

私はそんな名舞踊家でもないし、中年から始めて自分でも出来ることをやっているうちにこうなったんですけど、日本舞踊はどうも下降線をたどっていて絶滅危惧種になってきていると感じてきました。でも私は教えた子供たちに責任があるので、絶滅されては困るんですよ。そうすると独自のやり方を考えていくしかない、そう思ってやってきたんです。

伝統は葛藤しながら社会に合わせたり何かしているから今も残っていると思うんですね。大事な箱の中に入れたものをそのまま伝えていくべきではないと思っているので、早いうちに移行していくことが絶対に必要だなと思うんです。だから子ども教室という、文化庁の助成金をもらってやってきたことに関しても、今十四期生になっていますけど、十期生になったときに、名取にもなってない子なんですけど、十年やったら一期生だった子は下の子に教えられるだろうと思って、「ちゃんと講師料をあげるから、子ども教室の講師やってみない？」と言ったんです。そして、結果的に成功したんです。

なぜかというと、子供にとって年寄りの私とかそういう人が教えるのはそれはそれでいいんですけど、別の世界の体験になっちゃうんですね。ところが自分と近いお姉さんが教えると、自分も近づける世界になるんですよ。ちょっと頑張ればあそこに行けるな、という世界なんです。身近になるんですね。

十期生からは若い子が教えて、私は教え方を教える。日本舞踊ってなかなか教え方を教えないので、教え方を教えるということをやって。ここ四年くらいやっているんですけどね、教室は活性化しました。

なので、いよいよ具体的にどうやったら子供たちにまかせていけるかということを、実家の古民家を改修しつつやるかなと思うようになったんです。つい最近になって。

これまでは福島と子供たちのことを一生懸命考えて、走ってた。それがようやく自分の実家のことも考えるようになった。

今までは、つまりチェルノブイリと一緒じゃないかと思った段階から、福島から発信することを常に最優先に考えたんですよ。福島から外に向かって、この福島から子供たちがみずから発信していく。出かけていくにしても何にしても、県内でも、国内でも国外でも、発信することを一生懸命やってきたんですね。だけど、このコロナ禍は地球規模なんです。誰が被害者とかじゃなくて。こういうことが起きる度に前のことが薄れていきますけれども、でも少なくとも現在、地球規模のコロナが起きて多分いろんなことが変わっていくと思います。そうすると、大きな規模で何かをやっていくよりも、小さな規模で確実なものを積み重ねていきたいと思うようになりました。

なので、大きなホールを借りるのではなくて、古民家を使ったりして、少人数でもいいからミニ公演をしながら、その後に会話をしたりして、豊かな時間を重ねていくということにシフトしていくべきじゃないかなって。

そういうことが出来るように改築して、プラス行政とか建築士会とかいろんな人の力を借りていろんなアイデアをもらって、結果として地域のためにもなれればと思ったんです。

古民家の改築が出来たら、いとうさんにも子供たちと是非お話ししていただきたいし、どういうことがそこで出来るのか考えたいと思っています。「奥の細道」の奥州街道沿いにはなっているので、そういうことも入れながら、名もない地域から今度はインターナショナルなことが出来たらいいなと。

規模は小さくていいんです。ワクワクドキドキすれば細胞の活性化になって、一応私も百歳まで生きたいと思っていますので。

私の祖母が百六歳で亡くなりましたからね。

福島の原発の後始末はまだまだ終わらないですし、フレコンバッグだってあちこちにまだあって埋まっていて、そういうのを記憶の中で棚上げしながら生きてはいますけれども、だけど例えば大熊にはずっと処理をしている現実があるわけですから。

ええ、子供たちの中からは、日本舞踊の先生になりたいという子が出てきちゃったので、さらにその下の層を育てておかなきゃいけないと思ってるんです。それで保育園に行って日本舞踊の時間を作ってもらってるんです。三歳くらいの子って今しかないんですよね、見ていると。過去とか未来とかない。明日の心配はしないし、昨日のことで泣かないんですよ、三歳の子って。

あれはやっぱり極意だなと思います。鬱になったときに将来に対する不安と過去の後悔とか、そんなのを行ったり来たりして足元が不確かになったことがあったので、余計に三つの子が今この瞬間を生きているというのが素晴らしいなと。子供のそのエネルギーといいますか、今この瞬間を生きているという、あれは毎週行く度にこれで生きたいなと思うんですね。三つ子の魂とか言いますけど。それを百までつなげて頑張りたいなと。

福島は福島なりに頑張って、ああいうことはありましたけどバネにしていますから。試行錯誤しつつ、福島だけではだめな部分もありますから、いろんな方と繋がって、まだまだ抱えている問題は大きいですけど、でもそれなりにワクワクドキドキさせて生きていこうっていうふうに思っています。

では、新しい古民家でまたお会いしましょう。

おわりに

本来は、私のあとがきなどつけずゴロッと差し出してそれで十分だと思っていた。だが多少なりとも事情を説明しないと、そもそもこの本がフィクションなのかノンフィクションなのかさえ不明である。まあそれでもいいと言えばいいのだけれど。

ここ数年、いくつかのメディアで福島を訪問していた。聞き書きをするためだ。もっときちんと書けば、とにかく福島の人たちから話を聞くためである。

もともとは『想像ラジオ』という東日本大震災による死者をテーマにした小説を書いたからで、その唯一の公開インタビューみたいなものを、出版してからずいぶんして東北の大学で行った。その小説は全国のリアル書店の皆さんの支持でより多くの読者の手に渡っていたので、御礼参りのように私は大学のある宮城県の書店をあれこれ回ってサインなど書き、挨拶をした。

その時すでに、平積みされている小説の上に立っている小さなポップを見て、「まるで電波塔だな」と思ったのである。ただし、小説の内容をラジオのように外に伝える電波塔ではない。反対に、東北の声を聞くための集音器のごとき存在だと私は思ったのだ。

自分は勝手にしゃべってしまった。今度は聞く番だ。私はそう考えたのである。

それからはテレビ収録で訪れる際に、あるいは東京新聞にねじこんだ福島訪問連載時に（いつも車を出してくれた記者の坂本充孝さん、たくさんの面白い人を紹介してくれてありがとうございます）、とにかく私は人の話を聞いた。東北の人は総じて控えめで、東京の人間が自分の話を聞くなんて思ってもいなかった。それが悔しさに私はひたすら耳を傾けた。取材が終わってからも居酒屋などに移動して、ただただ話にうなずいた。

新聞連載が終わることになってすぐ、今度は「文藝」の坂上陽子さんに話を持っていった（快諾ありがとうございます）。それがこの『福島モノローグ』である。すでに話を聞いたことのある方にも、再び出かけていってまた話を聞いた。同時期に私は主治医である精神科医・星野概念氏と対談本（『ラブという薬』『自由というサプリ』）を出していて、そこで「傾聴」がいかに相手と自分の硬直をほぐしていくかを聞いていたから、ますます私は耳をよく澄ませた。まとめるにあたって自分の言葉はひとつも出したくなかった。私はとにかく皆さんの話を聞ければいいので、それで「モノローグ」になった。インタビュワーの質問や意見などは全部カットである。私は『想像ラジオ』で語り過ぎていたから。

むろんそこに私はいたのだから、インタビューした方々の言葉の裏には私がおり、その影響は避けられない。また私が文字起こしから編集して原稿を作った以上（五所純子さん、いつも素早い文字起こしをありがとう。基本の文体は五所さんのものです）、どうしても消せない私がいる。つまりここに書かれたことの責任の半分は自分にあることを、しっかりと記しておきたい。誰か他の人が聞けば、また別の話が出てくるかもしれないのだし。

さて、私はこの活動をまだ終えるつもりもなく、また別メディアで、あるいは同メディアで聞き書きを続けようと思っている。被災ということでいえば、三県を越えて体験者はおり、さらに最後の「a dancer」にもあるように、大震災のあとでそこに生まれてきた人たちの話も常に聞かれるべきだ。

聞く仕事、聞き屋稼業みたいなものが特に災害のあとには長く必要なのではないかと思う。十年、いや百年でも。そして外から事態を語ってしまった自分が少なくとも、その一人でいなければなあとも考えている。

そういった仕事のまとめの最初がこの本となった。

いろいろしつこく聞かせてくださった方々、本当にありがとうございます。また同じ人に話を聞きに行くこともあろうかと思いますので、話し足りなかったことなどあればいつでも連絡ください。

ではまた。

追記　連載分に今回付け足された「a farmer」以降の取材は、コロナのためすべてリモートで行われました。

いとうせいこう
1961年生まれ。
編集者を経て、作家、クリエイターとして、
活字・映像・音楽・テレビ・舞台など様々な分野で活躍。
1988年、小説『ノーライフキング』で作家デビュー。
『ボタニカル・ライフ　植物生活』で第15回講談社エッセイ賞受賞。
『想像ラジオ』で第35回野間文芸新人賞を受賞。
小説作品に『小説禁止令に賛同する』『夢七日　夜を昼の國』、
ノンフィクションに『「国境なき医師団」を見に行く』など。

初出
「文藝」二〇一九年夏季号～二〇二〇年夏季号

「a farmer」「THE LAST PLACE」「a dancer」は書き下ろしです。

福《ふく》島《しま》モノローグ

2021年2月18日　初版印刷
2021年2月28日　初版発行

著者
いとうせいこう

発行者
小野寺優

発行所
株式会社河出書房新社
〒151-0051
東京都渋谷区千駄ヶ谷2-32-2
電話03-3404-1201(営業)
03-3404-8611(編集)
http://www.kawade.co.jp/

印刷
株式会社亨有堂印刷所

製本
小泉製本株式会社

Printed in Japan
ISBN978-4-309-02949-8

河出文庫

『想像ラジオ』

いとうせいこう 著

耳を澄ませば、彼らの声が聴こえるはず。深夜2時46分、「想像」という電波を使ってラジオのOAを始めたDJアーク。その理由は——。東日本大震災を背景に、生者と死者の新たな関係を描きベストセラーとなった著者代表作。第35回野間文芸新人賞受賞。

ISBN:978-4-309-41345-7